KB235191

오롯한 나의 바다

오롯한 나의 바다

콜로라도의 할머니가
강릉의 엄마를 그리는 시간

전지은 지음

정미소

콜로라도 할머니가
강릉 할머니께 올리는 편지

엄마! 오랜만에 불러 보는 이름이네. 그 먼 곳에서도 잘 계시지?

벌써 일 년이라는 시간이 지났는데 엄마가 고향, 강릉에 안 계신다는 것이 실감이 나지 않네.

미국 집을 떠나는 일이 심리적으로 많이 힘들었어. 엄마의 흔적이 곳곳이 배어 있는 이곳에 다시 올 수 있을까 싶었어. 거리를 지나 내가 살던 동네 어귀를 지날 때마다, 요양원 언덕을 쳐다 볼 때마다, 동해 바다를 바라 볼 때마다. 그렇지만 언젠가는 마주할 일이고 지금쯤 마음에 담긴 이야기들을 조금 풀어 놓으면, 다시 미국 록키 산맥의 끝자락 집으로 돌아가는 일이 좀 쉽지 않을까?

엄마! 남들은 내게 이런 말을 해요, 참 호상好喪이라고. 그 말이 참 싫어. 엄마는 이곳에 안 계신데 호상이라는 이름 하나로 모든 게 다 이해되어야 하는 건가? 내 나이 곧 일흔이고, 여태 엄마가 계셨던 게 얼마나 감사한 일이냐고 하면서, 위로라고 건네는 말.

할머니가 될 나이에 고아가 되었지만 세상은 온통 텅 빈 느낌. 명치 끝이 아리고 마음이 켜켜이 시려. 엄마의 빈자리가 쓸쓸하고 허전하고 아파. 아무 일도 아닌데 눈물이 왈칵 쏟아지고, 지나가는 말에도 목이 메어.

강릉에선 뒤척이는 밤들이 많아지네? 가끔 슬픈 영화를 보며, 오후의 소나기를 하염없이 맞으며 눈물이 나는 핑계를 대보지만 엄마는 알지? 내가 왜 이러는지.

미국 집에 있을 때는 사는 일에 치여 슬픔의 무게를 많이 감추었던 것 같아. 서쪽 하늘과 맞닿아 있는 두루마리 병풍 같은 산세를 바라보면, 산들은 커다란 울타리가 되어 내 마음을 보듬어 주긴 해. 묵묵히 그 자리에서 나의 투정 어린 시선을 견디어 주기도 하고.

돌아온 고향 바닷가에서 물색이 달라질 때마다 햇

살을 받아 반짝이는 윤슬들, 흰 포말들, 때론 집채만한 파도들. 엄마와 나의 이야기들은 흔들리는 물결 위에서 춤사위가 되어 사라지고, 멀어지는 시선은 너른 바다에 머물러. 천상에서 엄마는 나의 바다로 남아 나의 두런거림을 웃으며 들어 주실까?

아직 할머니이고 싶지 않고, 아직은 손주도 없지만, 나도 분명 할머니 나이. 할머니도 엄마가 있었고, 할머니의 할머니도 엄마가 있었지. 엄마들은 늘 같은 자리에서 딸의 투정과 아픔, 사랑과 슬픔과 그 모든 것들을 들어주고 다독여 주니까. 할머니인 나도 엄마한테 못다 한 투정 부려볼까 해.

나의 바다 같은 엄마! 하늘에서도 고향 바닷가에서 풀어 놓는 내 이야기 들어줘. 삶의 파고는 높기도 했고 때론 깊은 파랑이기도 했어. 삶의 구비마다 흔들리며, 정말 못되고 불효했던 딸의 마음을 이제라도 전하며 언젠가 천상에서 다시 만나 착한 당신의 딸로 다시 태어나고 싶어. 그땐 좀 더 부드럽고, 사랑스럽고, 애교 많은 딸로 엄마의 팔짱을 끼고 수평선 위로 훨훨 날아갈 수 있었으면…

차례

1부

엄마를 요양원에 모셨다

1부

엄마를 요양원에 모셨다

〈현대판 고려장〉이라고 하는 곳에 엄마를 모셨다.
내가 엄마를 버렸다는 죄책감에 시달렸고,
이국에 사는 것이 큰 불효인 것을 알게 될 때쯤,
코로나라는 복병이 찾아왔다. 불청객을 만나며
쉽지 않은 시간이었지만, 요양원은 내게 참
고마운 곳이었다. 내 나이가 엄마만큼 들면 난,
스스로 그곳에 입원하고 편안한 마음으로
남은 날을 정리할 수 있을 것 같다.
엄마를 모신 경험이 인생의 좋은 선생이 되었던 4년.
엄마의 마지막 보금자리였던 곳을 함께 공유한다.
감사하고 고마운 마음을 담아…

기약할 수 없는 시간. 그 시작과 끝은 아무도 알지 못한다.

조심스러운 이야기지만 보호자가 되어서 돌봄 생활을 해 나가는 것은

삶의 중요한 요소를 희생하는 선택과 맞닿기도 한다.

돌봄 가운데 선택과 희생은 불가피한 것이지만

그것만으로 설명되지 않는 사랑도 분명 그 가운데 있다.

— 임수경의 '우리 부모님은 요양원에 사십니다' 중에서 —

요양원,
그 고마운 곳

2019년, 봄바람이 유독 매섭던 4월의 끝자락, 강릉 위촌리 언덕에 있는 요양원에 엄마를 모시기로 결정했다. 쉽지 않은 선택이었고 죄책감과 죄송스러움에 어쩔 줄 몰라 했던 그해. 거의 일 년 내내 눈물 바람을 했었다. "엄마"라는 단어 하나에, "잘 계시지?"라는 질문에도 답은 늘 울음이었다. 성가대에서 성가를 부르다가도, 미사 해설을 하다가도, 친교실에서 교우들과 같이 밥을 먹다가도, 누가 말을 꺼내면 터지는 눈물샘. 눈 가장자리는 짓무르고 얼굴은 어두워져 갔다. 기도하고 또 기도하며, 요양원에 모실 수밖에 없는 상황을 나 자신에게 설명하고 또 설명했지만 죄책감은 그럴수록 더 커져만 갔다.

강릉집에서 좀 더 모셨더라면…

미국의 가족들은 이해해 주었을 텐데…

평생 나만을 위해서 사셨던 엄마를…

진작 미국에 모시고 갔었더라면…

더구나 요양원이라니…

강릉에서 엄마를 돌보아야 한다는 것은 남편도 양해해 줄 부분이었고, 내게는 당연한 일이었는지도 몰랐다. 직장도 퇴직을 한 후였고, 나 없이도 남편과 아들이 하는 사업은 잘 돌아갔다. 엄마의 노후를 편안하게 해 드려야지, 했던 다짐을 한 달 만에 스스로 포기하고, 엄마를 요양원으로 가게 했던 불효한 딸.

멀리서 전화를 하면 구순이 넘은 엄마는 늘 잘 계시는 것 같았고, 일주일에 2-3번 도우미 아주머니가 오셔서, 반찬을 만들고 빨래와 청소를 해 주고 목욕도 도움을 받으며 지내니 생활이 별 불편함이 없어 보였다. 하지만 나이 앞에 장사 없나 보다. 그해 2월 엄마는 부엌에서 쓰러졌고, 도우미에 의해 발견되었다. 연락을 받은 나는 급하게 한국으로 들어왔다.

엄마는 병원에 며칠 입원했다. 놀라셨던 탓인가 치매가 상당히 진행되었다는 병원 측의 설명. 내가 전혀 인지하지 못했던 '치매'라는 말에 무척 당황했다. 전화 통화로는 전혀 문제가 없어 보였는데 무슨 소리냐고 묻자, 그런 간단한 대화는 전혀 지장이 없단다. 일상 생활 속에서 발견되는 치매 증상은 자주 잊어버리고, 찾고, 이야기를 반복하고, 행동이 어눌해지는데, 그런 것은 24시간 옆에 있어야만 관찰이 되는 증상들. 그렇다. 나처럼 가끔 전화해서 '잘 지내시지?' 물으면 언제나 답은 '응 별일 없다. 무릎만 좀 아파' 하는게 답이었으니, 치매가 진행되고 있다는 사실을 까맣게 몰랐다. 입원해 있는 동안 MRI등 몇 가지 검사를 더 하더니 뇌위축이 상당히 진행되었단다. 치매로 거동이 불편하였던 건지, 지병이던 양 무릎 관절염이 더 심해져서 거동이 불편했던 건지 확인할 수는 없었지만 엄마는 넘어지셨고, 그것이 원인이 되어 입원을 하셨다.

엄마는 며칠 후 집으로 퇴원하셨다. 퇴원을 한 후 온 몸의 심한 고통을 호소하셨다. 누워도 욱신거리고 아픈지 돌려 눕혀라, 바로 눕혀라, 앉혀라, 눕혀라, 주문이 끝도 없었다. 넘어지면서 골절이 되었거나 특별히 다친 곳은 없었는데도 진통제 몇 알로는 통증이 가시질 않았다.

나는 미국으로 돌아갈 비행기표를 연장했다. 남편은 걱정하지 말고, 잘 간호하다가 오라는 고마운 답이었다. 집에서 사용할 수 있는 변기와 휠체어와 누워서 사용하는 변기, 기저귀, 일회용 침대보 등등을 준비하며, 이럴 때 누구라도 힘을 쓸 수 있는 사람이 하나 옆에 있었으면 좋겠다는 생각을 했지만, 난 외동딸.

집에서 모시기 한 달여. 엄마의 어깻죽지 아래가 벌겋게 되었고 내 어깨도 빠질 듯 아팠다. 도움을 받아 겨우 씻겨도 집안에 가득한 악취와 체취는 없어지지 않았다. 방향제도 소용이 없었다. 엄마의 꼬리뼈 부근에 욕창이 시작되었다. 간호사 경험을 발휘한다고 했지만 24시간 간호라는 것은 만만한 일이 아니었다. 잣죽부터 소고기죽까지 음식도 최선을 다했지만 상태는 호전될 기미를 보이지 않았다. 애쓰는 만큼 몸은 지쳐갔다. 잠깐 잠이 들면 엄마는 또 나를 부르며 눕혀라, 앉혀라, 하셨다. 지쳐갔다. 몸도 마음도.

도우미를 쓰는 시간을 늘려 봤지만 별 소용이 없었고, 24시간 간병인은 등급도 안 나온 상태에서는 재정상

무리였다. 시간을 좀 벌어보자. 상태가 좋아지실 때까지 임시로 요양원에 모시자. 그동안 나도 몸 좀 추스르고, 집 안도 엄마가 편안하게 해 두자, 라고 위안을 하며 요양원을 알아봤다.

요양원. 사람들은 요양원을 현대판 고려장이라고 말한다. 나도 그렇게 생각했다. "내가 이렇게 우리 엄마를 버리는구나"라는 참담한 심정이었다. 이면에는 엄마의 상태가 좋아질 때까지, 임시로 가 있는 것이라는 변명을 했다. 꼭 다시 모시고 나와야지. 그리고 집에서 모셔야지, 했던 다짐.

마음을 결정하고, 가장 마음에 드는 곳을 찾았다. 원장님이 친절하고, 깨끗한 환경이라 노인 특유의 냄새가 전혀 없었다. 엄마에게는 임시로 계시다가. 다리에 힘이 생기고 욕창만 나으면 집으로 다시 모신다는 약속을 수십 번도 더 했다. 위촌리 "A+ 노인복지시설". 엄마가 가실 곳. 입원 후, 잘 적응하시도록 나는 매일 점심시간에 면회를 가서 엄마의 식사 시중을 들었다. 엄마의 입원 소식을 듣고 많은 분이 요양원으로 문병을 오셨다. 그때마다 "좀 좋아지면 집으로 가야지"라고 엄마는 말씀하셨고 난 그러자고 약속했다. 요양원에 들어가신 한달 반쯤 후 나는 미국으로 갔다가 가을에 다시 온다며, 그때 퇴원을 해서 집으로 가자는 약속도 했다.

가을이 되었고 나는 다시 한국에 왔다. 엄마의 욕창은 치료가 잘되어 아물었지만 무릎은 나아지지 않아 거의 움직이지 못했다. 휠체어에 태우기 위해서는 힘써 들어 올려서 이동시켜야 했다. 한 번쯤 집으로 모시고 나오고 싶었지만 차도 없었고 도와줄 사람도 없었다. 2달 반쯤 강릉에 있었지만 모시고 나온다는 약속을 지킬 수 없었다. 대신 면회를 자주 가는 것으로 죄송하고 미안한 마음을 달랬다. '내년 1월에 올게요'라며 다시 미국으로 들어갔다.

그 다음해 1월이 되었을 때, '코로나' 사태가 시작되었다. 아무리 애를 써도 어쩌지 못했다. 전 세계가 말 그대로 '정지'된 상태. 엄격하게 여행의 제한을 두었다. 아무리 애써도 한국으로 들어올 수 없는 상황. 가슴은 타들어 갔지만 한편으로는 안전한 시설 안에 있음에 다행이다 싶기도 했다.

한국으로 못 들어온 지 거의 일 년이 다 돼 가자 나

스스로 더 이상 버틸 자신이 없어, '엄중한 격리'를 마다치 않고 한국에 왔다. 또 3개월을 보내다 갔고 이듬해 초봄에 또 들어왔다. 그때도 역시 '엄중한 격리'를 2주 동안 해야 했다. 강릉에 와 있으면서도 비대면 면회, 식사 시중을 들 수도 없고, 손을 잡을 수도 없고, 유리벽 사이에서 소리소리 지르고 손짓 발짓을 커다란 모션으로 해야 했던 면회들.

그렇다 하여도 급한 상황이 생기면 바로 갈 수 있는 곳에 있다는 것만으로도 마음의 위로가 되었다. 코로나 상황을 지나며 엄마의 치매는 더 진행되었다. 거의 격리된 것처럼 있어야 했던 요양원 생활. 함께 모여서 했던 모든 치료가 정지되고, 오가는 사람들이 없으니 사회적, 언어적, 물리적 자극이 거의 없는 상태. 혼자 집에 계셨던 것보다는 훨씬 안심되는 환경이었지만 병실에서 거의 못 나오자 치매 진행이 훨씬 빨라졌던 것은 아닌가 싶다. 사회성이 급격히 떨어지고 외부 자극이 거의 없던 기간. 그땐 그 누구도 똑같은 상황이었다. 그러다 보니 유리창을 사이에 두고 하는 면회를 가도 어쩌다 겨우 딸만 알아보았다. 말도 어눌하고 단어들도 거의 잊어버리셨는지, 물음에 대한 대답도 상당히 더디다. 나이도 모른다. 그 똑똑하고 당당하던 여교장은 어디로 가고 마지막 시간을 기다리는 초로의 노인이 되어 왜소하게 변해갔다. 여장부의 당당한 기개를 버렸고, 신여성의 단아함을 잃어갔다. 슬픈 현실 앞에서 나도 엄마의 마지막 시간을 인정해야 했다. 누구나 한번은 정면 대결을 해야 할 마지막 시간. 그 시간이 가까이 왔다는 것을 절감했다.

요양원에서 보낸 시간은 3년이 지났지만 욕창도 생기지 않았다. 면회 때마다 늘 깨끗하고 노인 냄새도 없었다. 예쁜 머플러도 매고 나오신다. 잘 빗어 넘긴 머리는 다시 자라는 아기들 머리처럼 까맣다.

내가 집에서 모시고 있었더라면 절대 이런 모습이 아닐 것 같다. 요양원 원장님은 내가 미국에 있을 때는 수시로 사진을 찍어 보내 주기도 하고, 엄마의 근황을 카톡으로 알려 주었다. 많은 환자의 보호자들에게 일일이 그렇게 하는지 알 수는 없지만, 멀리 있는 나에겐 여간 고마운 일이 아니었다. 멀리 떨어져 있으며 노심초사하는 내 걱정을 덜기에 충분했다.

그럼에도 내 마음속 양가감정은 들쑥날쑥. 한번 집

에 가서 해보자는 쪽과 절대 못 한다는 두 마음이 늘 대립
이 되어 날을 세웠다. 답은 늘 내가 편한, '그래. 혼자 모시
고 나와 뭘 어쩔 건데'라는 쪽이었다. 요양원에서 겨우 잘
적응하고 계시는데 모시고 나와 집에서 그만큼 할 자신이
없었다. 마음속의 변명은 늘 미국에 들어가야 하고, 난 미
국 사는 사람인데…'라는 것이었다.

　　요양원에서는 따뜻하고 입맛에 맞는 식사에, 목욕
에, 위생, 청결, 영양과 가벼운 물리치료를 겸한 운동까지
체계적으로 잘해 준다. 옆 침대의 친구도 있고 요양사 선
생님들의 따뜻한 간호를 받고 있다. 그거면 됐다.

　　엄마가 아직 살아계시다는 것이 얼마나 든든하고
행복한 일인가만 생각하기로 한다. 이게 최선이다, 라는
최면을 스스로에게 걸며. 할 수 있을 때 최대한 많이 오
고, 왔을 땐 자주 요양원을 방문하고 엄마에게 많은 이야
기를 해드리고 따뜻하게 손을 잡아 드린다.

　　"엄마, 사랑해요." 이 한마디는 언제나 가슴이 떨리
고 명치 끝은 아리다.

"밥은?"

　11시 면회. 엄마의 아침 간식이 끝나는 시간과 점심 시간 사이이다. 이 시간을 선호하는 이유는 오후 시간을 좀 자유롭게 활용할 수 있어서다. 혹 점심 약속이라도 생기면 편하게 갈 수도 있다. 지금은 엄마가 거의 따라 하지는 못하지만 테이블에 나와 앉아 다른 분들이 하는 것을 보는 것만으로도 사회성의 자극이 될 수 있고, 오후 어르신들이 함께 모여 놀이 같은 게임을 하는 시간을 방해하고 싶지 않다.

　처음 엄마가 요양원에 들어왔을 때는 제법 잘 따라 했다. 아이들이 색칠을 하는 그림책에 색을 맞추어 그려

넣거나, 숫자를 세기 위한 알 판을 옮기는 것, 노래방을 틀어 놓고 따라 부르기 등등. 엄마는 그림책에 색칠을 하면서도 선 밖으로 나가지 않게 꼼꼼히 칠을 하고는 그림 아래에 멋들어진 사인을 했다. 사인은 늘 2개이다. 한국말과 영어. '난 이런 것도 할 줄 안다'는 자긍심이었을까? 오래된 습관이었을까? 지금이 며칠이고, 몇 시인지, 딸이 앞에 와 있어도 누구인지 모르고 기저귀를 차고 있지만 예전에 갖고 있던 당신의 이름, 그 프라이드를 놓지 못하는 엄마. 엄마의 모습을 보며 딸인 나는 쓸쓸하기만 하다. 노을이 지는 인생. 낙엽이 내리는 언덕에서 지는 해를 잡고, 손톱에 뜬 달 같은 남은 시간을 부여잡고 있는 여인. 유능한 여선생이었고 신망 있던 여교장은 기억의 저편으로 사라졌다.

면회를 가면, 소리소리 지르며 대화를 시도한다. 엄마는 대부분 답이 없다. 가끔 한마디 답을 하면, 나는 손뼉을 치며 과장된 표현을 하고, 엄마가 잘하셨다는 것을 알려드린다. 그 상황을 인지하는지 알 수는 없지만 엄마에게 좀 더 자극을 많이 드리기 위한 노력이다.

일주일에 서너 번씩 면회를 하다가 어느 한 주일, 면

회를 못 갔다. 그리고 그 다음주에 갔더니 또 딸을 못 알아보신다. 소리소리 지르며 나를 묻다 지쳤고, 나도 그냥 멀뚱멀뚱 바라보기만 했다. 시선을 통해 마음이 전해지기만을 기도하며. 그러자 눈물이 또 왈칵 터져 나왔다. 엄마의 생각 속에 나의 모습은 어디까지 기억되고 있는 걸까? 20대? 아니면 30대? 십대까지만 기억이 된다면 그 앞에 앉아 있는 내 모습은 너무 늙은 것 아닐까?

30분 이상을 혼자 떠든다는 것은 쉬운 일은 아니다. 그것도 똑같은 이야기들의 반복. 알만한 이름들을 쭉 나열해 보지만 반응은 없다. 엄마의 시선을 따라 왼쪽 오른쪽 고개를 갸우뚱거리며 모션도 커다랗게 써본다. 그러다 지쳐, '엄마 올라가서 점심 드셔야지. 낼 모레 올게'라며 자리에서 일어나려고 했다. 매무새를 고치며 올라가라고 손짓을 하자, 쳐다보며 모기 소리만 하게

"밥은?"

한다.

"올라가서 식사하시라고요. 또 올게."

"밥은?"

다시 묻는다. 그제야 그 한마디가 내가 밥을 어디서

먹을 건지 물어본다는 생각이 들었다.

"아~ 내가 밥을 어디서 먹느냐고? 엄마 올라가시면 여기서 원장님하고 같이 먹을 거야. 걱정하지 말고 올라가세요."

그제야 엄마의 얼굴에 잔잔한 미소가 번진다. 마스크 안의 입꼬리는 올라갔을 것이고 눈은 반달이 되어 웃는다.

구순이 넘은, 치매를 앓는, 요양원에 계신 엄마가 육십 중반이 지난 딸이 밥은 먹고 다니는지 걱정을 한다. 그게 엄마의 마음이겠지만, 그 말을 들으며 참았던 울음이 또 나온다.

이제 그만 울라고 야단을 치는 원장님의 시선을 피해 도망치듯, 화장실로 들어갔다. 점심을 먹기 위해 손을 씻어야 하겠다며. 가슴 안쪽으로 흐르는 회한의 눈물도 같이 닦아 본다. 손바닥에 거품이 일고 뜨거운 물에 헹구어 보지만 가슴의 한 켠은 먹먹하고 시리다. 이런 날들이 얼마나 더 지나야 할까? '편해지자'는 생각을 억지로 한 곳에 묶어 두고 도돌이표처럼 이어가 보지만, 아직도 더 많은 날들이 아플 것이고, 힘들 것이고, 죄스러울 것이다.

아리고 헛헛한 마음은 언제쯤 괜찮아질까? 언덕을 내려
오며 운전대를 꽉 잡는데, 귓전에서 "밥은?" 하시던 엄마
의 목소리가 들리며 또 시야를 흐린다.

"야야, 많이 아파"

82-010-0000-0000

한국 전화번호. 엄마가 전화를 했다. 특별한 일이 있기 전에는 먼저 전화를 하는 일은 거의 없기에 가슴이 쿵, 떨어졌다.

"야야, 무릎이 많이 아파."

그날 전화에서 엄마의 목소리는 많이 가라앉아 있었다. 과장을 하자면, 또 시작한 통증이 수화기 건너편에서도 전해지는 듯했다.

엄마의 무릎 통증은 당신의 퇴직 기념으로 설악산 대청봉 등반을 마친 후부터 시작되었다. 오름 길에서는 몰랐는데 하산하면서 무릎이 불편했고 통증으로 진행됐다. 그때 나는 통화를 하며 무리하게 왜 그랬냐고 다그치듯 나이 생각도 해야지, 라며 아직 이팔청춘인 줄 아느냐는 핀잔까지 섞어 아이를 야단치듯 말했다. 늘 건강을 잘 챙겼고, 잘했던 등산이라 할 수 있다고 믿었고, 같이 갈 동료들이 있어서 그랬다는 엄마의 답. 정상을 찍었다는 기쁨은 잠시, 죄인이라도 된 듯한 목소리로 변명을 했다. 앞에서 힘내자고 하는 교감 선생님과 뒤에서 잘 걷고 있다고 힘을 실었던 젊은 여선생님들이 함께해서 잘 다녀왔다고, 언젠가 꼭 한번 정상 탈환을 하고 싶었던 산이었다며. 돌이켜보면 지금의 나보다 젊었을 때니 충분히 가능할 수도 있었겠지만 하산 길의 경사와 난이도를 미처 계산하지 못했던 것 같다.

하산 후 엄마는 무릎 부종과 통증이 심해졌고 병원에서 치료를 받았다. 그러나 한번 상한 연골과 인대의 재생은 불가능했고 이후 안티프라민이 무슨 바디로션이나 되는 것처럼 양 무릎과 다리에 발랐다. 파스를 붙이더니 무릎에 고인 액체를 제거하기도 하고 뼈주사라는 스테로이드 주사를 맞기도 했다. 그러다가 타이레놀 같은 가벼운 진통제를 복용했고 얼마 지나지 않아 처방전이 있어야만 살 수 있는 강력 진통제로 바뀌었다. 진통제가 없이는 일상 생황이 불가능했다. 더구나 좌식 생활 습관은 무릎에 전혀 도움이 되지 않았다. 침대를 들여놓고 TV를 안방에 옮기는 등 가제 도구를 바꾸며 생활패턴을 바꾸어 보았지만 소용이 없었다. 나이가 들며 통증의 강도는 점점 심해갔다. 덩달아 진통제의 강도와 빈도도 '더 세게'와 '더 자주'로 변해 갔다. 전화 통화에서는 약의 내성을 걱정하는 것이 늘 마지막 인사가 되었다.

20년도 더 지난 그 시절. 핸드폰도 없었고 비싼 국제전화를 걸어야만 하던 시절, 절약한다는 핑계로 한달에 한 번 정도 겨우 전화를 걸었다. 엄마는 전화를 받을 때마다 진통제 중독을 걱정했고 난 아픈 것 보다는 약을 드시면서 편하게 생활하는 게 삶의 질이 훨씬 좋다는, 똑같은 대답을 도돌이표처럼 돌림노래로 불렀다. 간호사로서 아는 척하며 아파도 가벼운 운동을 해야 무릎 관절 주위의 근육이 키워지고 통증 완화가 될 수 있다고 했지만 엄마는 아파서 잘 못 움직인다는 핑계만 유행가 후렴처럼 답했다.

지팡이를 짚어야 무릎이 더 나빠지지 않는다는 진실한 충고의 말에도 엄마는 '아직은 아니야'라며 자존심을 내세웠다. 엄마에게는 허락되지 않았던 지팡이. 왜 절뚝거림보다 싫었던 걸까? 편리하게 접는 지팡이, 색깔이 알록달록한 장식용 같은 예쁜 지팡이, 가벼운 지팡이, 날씬한 지팡이 등등 많이도 사서 보냈는데.

요즈음 송정 해변이나 해송 숲길에서 걷는 사람들을 보니 꽤 많은 사람이 스키 스틱 같은 것을 손에 들고 평지 스키를 타는 것처럼 보폭을 늘려 걷는다. 어느 매체에서 보니 오른쪽과 왼쪽의 밸런스를 맞추기에 좋고 무릎에도 무리도 덜어주는 좋은 방법이란다. 그런 걸 엄마도 미리 알았더라면 했을까? 스키 폴대처럼 지팡이를 핫 둘 구령에 맞추어 콕콕 짚으며 걸었을까? 그랬다면 무릎 통증은 좀 덜했을까? 퇴행성 관절염의 진행을 좀 늦출 수 있었을까?

통화를 할 때마다 물리 치료에, 한방 요법에, 다 해 봤지만 소용이 없단다. 이미 손상이 된 무릎 연골과 퇴행성 관절염이 좋아지는 것은 거의 불가능했고, 나는 간곡히 수술을 권했다. 하지만 엄마의 답은 한결 같았다. '수술은 절대 안 해'라는. 이유가 뭐냐고 따지듯 물었고, 수술에 대한 두려움 때문이란다. 수술 후 깨어난다는 보장도, 재활이 잘 된다는 보장도 없고, 더 이상 안 아프다는 장담도 못하는데 애쓰며 그걸 왜 하느냐는 똑같은 답. 그러나 돌이켜 보면 무남독녀인 내가 미국에서 나와, 엄마 수술과 회복 기간 중에 함께 있어야 하는 것이 엄마의 마음에 부담이 되었던 것은 아닐까? 평생 딸에게 짐이 되고 싶지 않았던 엄마의 마음.

그 당시 난 오버타임도 가능하면 많이 하며 조금이라도 더 가계에 보탬이 될 수 있도록 수입을 늘려가던 시절이었다. 그런 내가 병원에 장기 휴가를 내고 긴 시간 한국에 나와 엄마를 돌본다는 것은 정말로 안 되는 일이었을까?

만약 엄마가 수술을 하면, 난 모아 둔 휴가가 꽤 많아 2달 정도는 얼마든지 나와 있을 수 있다고 했지만 엄마는 매번 거절했다. 딸에게 1도 부담이 되고 싶지 않았던, 평생을 홀로 누구에게도 의지하지 않고 살았던, 그게 하나밖에 없는 딸이라 할지라도 용납이 되지 않았던, 엄마.

아프다는 엄살. 수술을 받고 싶다는 용기. '딸, 네 도움이 필요하다'고 말해 주었더라면 오늘의 나는 마음이 좀 편하지 않을까? 전화를 받으며 "야야 오늘은 많이 아프네. 좀 많이 아파"라던 그 말. 아직도 수화기 건너에서 들리는 듯하다. 얼마나 통증이 심했을까. 아픔을 참지 말고, 딸인 나에게 당당하게 "내가 이렇게 아프니 수술을 해야겠다"라고 했더라면 기꺼이 달려와 엄마를 간호할 수 있었을 텐데. 그때 오버타임 해서, 그 후로 재정 상태가 더 나아졌다고 해서, 지금 달라진 것은 아무것도 없다.

　　샌드위치 세대가 된 나의 위치가 부모를 모시는 마지막 세대이고, 자식의 도움을 못 받는 처음 세대라는 말을 새삼 깨닫는다. 수술을 거부하는 엄마가 조금은 원망스럽지만 그 또한 엄마의 결정이니 그냥 받아들이기로 한다. 아직 휴가일이 많이 모이지 않은 것도 걱정이긴 하다. 엄마의 결정을 핑계로 또 미루어 보는 수밖에. 난 참 이기적인 딸이다. 가족 병가를 신청하면 무급 일년 휴직을 할 수 있음에도 이유를 대며 미룬다. 나는 엄마를 한번도 집에서 모셔보지 못했다. 생각으로는 그렇게 해야 한다고 하지만 막상 닥치면 그렇게 못할 것 같은 이 이중적인 내 마음.

엄마는 마지막 가시는 그날까지 무릎 통증으로 고생만 했다. 그때 내 생각대로 좀 더 우겨서 수술을 받게 할 걸 후회하지만 이제 엄마는 안 계신다. 가시는 그날까지 무릎 통증으로 힘들었고 누구의 도움이 없이는 서지도 걷지도 못했던 마지막 3년의 세월. 고통 속에서 딸인 내가 할 수 있었던 일은 그야말로 전무했다. 전화 한 통으로 '엄마 괜찮아?' 하고 묻는 한마디가 전부였다. 늘 똑같은 답은 메아리처럼 돌아왔다. '난 괜찮아. 너희들만 잘 있으면 돼.'

다음 생에 우리가 또 만나면 그땐, 엄마가 절대 참지 말고, 딸인 내게 당당하게 큰 소리로 요구했으면 좋겠다. '딸, 내가 수술을 해야 하니 휴가를 받고 나와라. 내가 너를 이만큼 키웠으니 이젠 네가 나를 위할 차례 아니니?' 라며.

"이제 면회 그만 와"

또 비행기표를 예매했다. 한 달 후 다시 강릉. 커다란 여행 가방을 꺼내 펼쳐 놓고 벌써 짐을 챙긴다. 엄마가 좋아하는 초콜릿과 무릎 관절에 좋다는 약, 챙겨갈 것들을 찬찬히 메모지에 적는다. 동시에 엄마가 계신 요양원 원장님께 카톡을 보낸다. 혹시 엄마가 뭐 찾는 것은 없는지, 하고 물으며 한 달 후 강릉으로 간다는 것을 알렸다. 다르게 이야기하면 한 달 후부터는 매일 면회를 간다는 일종의 통보 같은 것. 요양원에서는 나의 방문이 귀찮을 수도 있겠지만 또 어쩌겠는가? 미국에 사는 보호자이니 편리를 봐줄 수밖에. 엄마와 몇 번이나 영상 통화를 시도 했지만 잘 안되었다. 걱정은 뒤로 밀어 둔다. 이제 곧 만날 거니까. 나름 필요하다고 생각되는 것을 준비해 미국 집을 떠났고 얼마 후 강릉 집에 도착했다. 내일부터는 강릉에 오는 이유 영순위인 엄마 면회의 시작.

도착한 강릉 집. 바다가 보이는 곳이긴 하지만 물멍조차 뒤로 미루어 둔 채 면회 갈 준비를 한다. 긴 비행시간. 말 그대로 뱅뱅 돈다. 미국 집에서 떠나 덴버 공항까지는 1시간 거리. 국제선 비행기를 타야 하니 최소 3시간 전에 나가야 하고 거기서 서부의 큰 공항을 거쳐야만 한국으로 오는 비행기를 갈아탈 수가 있다. 환승하는 곳이 어디든 기다리는 시간도 만만치 않다. 미국 국내선과 한국으로 들어오는 국제선의 연결이 바로 되면 서너 시간, 예닐곱 시간을 기다린 적도 있다. 그 지루한 기다림은 독서를 하기에는 좋지만 공항의 대기실이 그리 조용한 곳은 아니다. 많은 여행객들의 소음과 탑승 안내 방송, 편치 않은 의자, 어두운 조명까지. 그래도 또 한국을, 엄마에게 올 수 있다는 것에 들뜨고, 기다림조차 감사하며 시간을 보낸다. 탑승 후 비행 시간만 11시간 이상. 인천 공항에 도착하고 입국 심사를 거쳐 공항을 나오면 바로 강릉 행 공항 리무진 버스를 타고 또다시 4시간. 강릉 시외버스터미널에 도착해 택시를 타고 집에 들어오면 말 그대로 파김치가 된다. 최소 24시간, 어떤 땐 30시간이 지나야 도착할 수 있는 고향 강릉. 다행히 비행기 안에서는 잠도 잘 자고 기다리는 시간에는 책을 보거나 음악을 잘 듣는 편이긴 하지만, 늘 느끼는 것은 참 먼 곳에 살고 있다는 사실. 먼 곳에 사는 일이 곧 불효라는 것. 부정할 수 없는 현실들 앞에서 죄인이 되고 만다.

엄마가 강릉에 안 계시다면 이렇게 자주 고향에 올 수는 없을 것 같다. 엄마를 요양원으로 모시고, 엄마도, 나도 그 힘든 시간과 쉽지 않은 환경에 적응할 시간이 필요했다. 3개월마다 오가는 일을 얼마나 오래 할 수 있을까 싶었는데, 엄마는 요양원 입원 후 4년의 시간을 허락해 주었다. 그동안 열 번쯤 왔다 갔다 했을까?

늘 괜찮았는데 갑자기 한국으로 오는 비행기 안에서 이런 생각이 들었다. 이렇게 왔다 갔다 하는 일을 얼마나 더 할 수 있을까? 하는. 이제 겨우 4년째인데 벌써 이렇게 힘들면 안 되는데 하는 생각과 나만 기다리는 엄마를 생각하면 강릉에서 좀 길게 지내볼까 싶지만, 내 가족과 살림이 모두 미국에 있으니 이러지도 저러지도 못한 채 하늘에 떠 있다.

벌써 겨울이다. 차고 앞에 쌓인 눈이 장난이 아니다. 언제 저걸 다 치울까? 걱정이다. 물론 남편이 알아서 하겠지만 또 길을 떠날 준비를 하는 나는 눈치가 보인다. 나의 한국행은 너무나 당연한 일이 되었지만 미국에 있으면 강릉의 엄마가 걱정되고, 강릉에 있으면 미국의 남편이 걱정된다. 어느 곳에도 마음을 붙이지 못한 채 붕 떠 있는 지난 몇 해. 언제쯤 이 일에 편해질까? 내 인생의 숙제는 끝이 나기는 하는 걸까?

다행히 엄마가 요양원에 잘 적응했기에 한 10년쯤 왔다 갔다 하려고 마음의 준비를 했다. 엄마가 처음 요양원에 들어갔던 2019년 봄. 난 매일 점심시간을 맞추어 면회를 갔고 엄마 점심 수발을 들었다. 음식을 '꼭꼭 씹으세요. 삼키세요. 천천히 드세요.' 잔소리 같았겠지만 엄마는 잘 따라 했다. 두런두런 이야기도 이어갔다. 물론 답은 거의 없고 주로 나 혼자 이야기하고 엄마는 고개만 끄덕거리거나 나와 시선을 맞추고 바라보기만 할 뿐이었지만. '엄마, 그 친구 생각나? 우리 동네 그 골목 안에… 어제 면회 왔던 사람은 누구지? 이건 무슨 그림이야? 오늘은 며칠이야?' 나의 혼잣말 놀이는 계속되었다. 매일 같은 시간에 나타나는 보호자. 원장님과 요양사 선생님들은 싫은 내색 하나 안하고 '매일 와도 된다'고 해 주었다. 지금 다시 생각해도 참 고마운 일이다. 멀리서 왔다는 이유 하나만으로 편하게 면회를 할 수 있었고 그분들 배려 덕택에 매일 면회를 할 수 있었다. 물론 코로나 시절 이전까지만. 점심 수발을 들고 양치까지 하는 걸 보고서야 요양원 언덕을 내려와 버스를 타고 집으로 돌아왔다.

시내버스를 타고 내려오며 얼마나 울었던지. 주위의 시선에도 아랑곳하지 않고 그렇게 풀어내야 했다. 누구도 짐작이 되지 않을 아픔의 무게와 깊이. 그 안에서 허둥거리고 애쓰고 늘 이게 최선일까 싶었다. 두어 달 지나고 내가 다시 미국으로 돌아갈 시간이 되자 어느 날 엄마는 "면회는 이제 그만 와도 돼"라고 했다. 기억력은 점점 떨어지고 거동이 힘들면서도 딸이 자주 면회를 오는 불편함을 걱정했던 엄마. 정신만 돌아오면 딸 걱정이었던 엄마. 늙은 딸도 엄마에겐 염려 덩어리인, 오롯한 사랑이었다. 그만 와도 돼, 모기만한 소리 한마디였지만 그 안의 헤아림은 하늘만큼 크다, 내 가슴은 또 미어진다. 딸이 힘들까봐 "면회는 이제 그만 와도 돼"라는 말까지 해 주었으니, 엄마는 치매였지만 딸에 대한 사랑만은 치매와 무관했다.

요양원이 아니라 고향집에서 같이 살며, 내 손으로 따뜻한 밥 지어 드리고, 기저귀를 갈아 드리고, 같은 이야기를 반복해서 들려 드리고, 다리를 움직여 드렸어야 했던 것 아닐까? 후회를 해보지만 그 시간은 이미 저만치 떠나 버렸다. 세상에 요술 같은 것이 있다면 엄마와 나의 시간을 그쯤으로 돌아가게 하고 싶다.

또 미국의 일상으로 돌아가야 하는 나의 자리. 엄마를 요양원에 모셨던 그해 일 년 내내 흘린 눈물은 내 평생 흘렸던 눈물보다 많았다. 얼마나 울었으면 눈가는 짓물렀고 보다 못한 친한 자매님이 안연고를 주며 발라야 낫겠다고 했을까? 울음의 끝은 깊었고 쓰라렸다. 어떤 말로도 표현이 안되게 죄스러웠다. 언제쯤 이 죄책감에서 벗어 날 수 있을지 모르겠지만 그 시간엔 그게 최선이었다는 것만이 장황한 변명이 되었다. "내가 엄마를 버렸구나" 하는 자책은 가슴에 커다란 돌덩이를 올려놓은 것만큼 무거웠고 힘들었다. 다른 방법이 없었다는 나의 변명,

엄마는 알까? 내 엄마이니까…

엄마의 소원

급하게 한국을 다녀왔다. 3주의 짧은 시간이었지만 엄마가 안정된 상태를 보고 돌아올 수 있어서 다행이었다. 서너 달 후에 다시 강릉에 갈 예정이다. 그때는 좀 여유 있게 준비할 수 있겠지. 미국 집에 돌아와 보니 집은 엉망진창. 청소를 시작했다. 열심히 쓸고 닦는 습관은 엄마한테서 배웠다. 교실의 책상 줄까지 딱 맞추어 놓아야 했던 엄마의 성격을 그대로 쏙 빼 닮은 딸. 쓸고 닦고 치우고 정리하는 일에 누구는 강박이라고 했지만, 살다 보면 치우며 사는 일이 훨씬 편하다는 것을 알 수 있다.

난 엄마와 참 닮았다. 생긴 모습은 물론이고 걸음걸

이까지. 가끔 거울을 보다가 깜짝 놀랄 때도 있다. 젊은 시절의 엄마가 고스란히 거울 속에 와 있다. 엄마 딸이니까 닮겠지만 너무 비슷한 모습들을 보며 스스로 놀라기도 한다. 정리 정돈, 아끼며 살림하기, 말투, 생활 태도, 삶을 대하는 시선까지…

엄마는 언제부터 그런 생각을 했을까? 어떻게 마지막 시간을 보내고 싶고, 어떤 장례를 하면 좋겠다는 것. 지난번 엄마의 건강 상태가 너무 안 좋아 내가 급하게 한국으로 나왔고, 그때 엄마는 정신이 돌아오자마자 그런 이야기를 했었다.

침대 머리맡 커튼 뒤에 주머니가 하나 있는데 그 안에 금반지와 패물이 있다. 혼자 다 갖지 말고 미경이랑 좀 나누어 줘라. 네가 선물해 준 진주 목걸이는 도우미 아줌마를 주었다. 매일 와서 밥 해주고, 반찬 해주고, 목욕도 시켜 주고, 너무 고마워서, 라며. 미경이는 내 외사촌 동생, 엄마의 조카. 내가 미국에 들어가 있을 땐 나를 대신해 엄마를 챙겨 주는 고마운 가족이다. 진주 목걸이는 엄마의 칠순 생신에 해드린 선물이었다. 잔치를 대신해 나름 알도 크고 질도 좋은 것을 골랐었다. 반지도 같이 했는데

반지는 주머니 안에 남아 있었다. 그 귀한 것을 내 주다니, 도우미 아줌마가 엄청 고맙게 했다 보다 싶었지만 내심 섭섭했다. 딸이 해준 선물을 남에게 주다니… 통장과 집 등기는 장롱 서랍 맨 안쪽에 있단다. 현금은 늘 쓸 만큼만 찾아서 쓰기에 집안에 여윳돈은 없고 통장의 잔액이 전부라며. 이어 간곡하게 다시 한번 말했다. '절대로 심폐 소생술이나 인공호흡기를 달거나, 깨어나지 못할 수술을 하거나, 식사를 못한다고 코 줄을 끼거나, 갑자기 위급한 상황이 발생해도 큰 병원으로 옮기지 말라'는. "편안하게 가는 것이 소원"이라고. 이미 몇 번을 얘기했던 것이라 숙지하고 있었지만 엄마가 다시 한번 또박또박 일러주었다.

누구나 죽음은 두려운 것 아닐까? 두고 가는 것들에 대한 미련. 모르는 곳에 대한 두려움. 삶의 연장 선상에서는 쉬었다 가는 한 지점이겠지만 그렇게 무덤덤하게 '편안하게 가게 해달라'는 주문을 하는 엄마의 마음 앞에 나는 죄인이라도 된 듯 머리를 조아렸다. 알았다는 대답과 함께. 개똥밭에 굴러도 이승이 낫다는데 엄마는 왜 그리 천상으로 떠나고 싶어 했던 건지? 길고 힘들었던 혼자만의 길, 훌훌 벗어 버리고 날개를 달고 하늘을 날아 다니고 싶었던 걸까?

　예전에 성당에서 피정할 때 유서 쓰기도 해 보았고 관에 들어가는 체험도 해 보았다. 그런 간접 경험들과 나의 중환자실 간호사 경험, 엄마의 깊은 속마음이 모여 엄마의 마지막 가시는 길에 대한 의견을 존중할 수 있었다. 한국의 상황은 잘 모르겠지만 미국에선 생의 마지막 6개월 동안 쓰는 의료 비용이 평생 쓰는 의료수가의 80% 이상이라는 통계가 있다. 의식이 없이, 인공 호흡기와 각종 기구와 약물에 의존해 생명을 유지해 가는 것은 삶의 무슨 의미가 있을까? 마지막 시간에는 사랑하는 사람들과 서로 손을 잡고 지나간 추억들을 이야기하며 따뜻한 시간을 공유하는 것이 더 의미 있는 일 아닐까?

　중환자실 간호사 40여년은 그야말로 〈죽음 앞의 생〉이었다. 오는 순서는 있어도 가는 순서는 정해져 있지 않은 우리네 삶. 누군들 빨리 가고 싶고, 힘들게 가고 싶고, 부채를 남겨두고 가고 싶을까? 어느 하나도 사연이 없는 죽음이 없었고, 어느 누구도 쉬운 죽음은 없었다. 부모보다 빨리 가는 젊은 이들은 부모의 가슴에 안겨, 사고로 목숨을 잃는 이들은 준비되지 않았던 상황에, 오랫동안

투병을 했던 환자들의 마지막 길에는 남겨진 이들의 안도 감이 함께 했다. 많은 상황들을 만나며 나름 죽음을 바라 보는 시선은 객관적이 되었다고 믿었다. 그 죽음들 앞에서 담담하게 현재의 상황을 알려주고, 치료에 동참하며, 적 정 거리 안에서 마지막 시간을 풀어갔다. 그런 경험들 덕 택에 죽음 앞에 초연해졌다고 믿었다. 더구나 엄마와의 이 별은 한국과 미국을 왔다갔다했던 시간과 코로나 시절과 요양원에서의 예기치 못한 사고들로 꽤 준비가 되었다고 생각했다.

그러나 막상 엄마의 마지막 시간이 가까워오자, 난 아무것도 준비되어 있지 않았고, 무엇을 해야 하는지, 이 렇게 하는 게 맞는지, 흔들렸다. '엄마의 소원'조차 어쩌면 아닐 수도 있고, 그냥 해보는 소리는 아니었을까 의심이 생겼다. 누구에게 물어볼 곳도 없어 혼자 허둥거렸다. 나 의 시선은 여느 때와 많이 달랐다. 무서웠고, 두려웠고, 아 팠고, 힘들었다. 그러다 문득 든 생각. 엄마의 마지막 가시 는 길을 편안하게 해 드릴 수 있다면 그게 마지막 효도 아 닐까. 나 자신에게 하는 위로이며 변명인 것도 잘 안다. 어 떤 것도 정답이 아닐 수 있다. 엄마는 죽음을 편하게 말했고 편하게 가시고 싶어 했다. 엄마의 일생이 힘들어서 애써 부여잡고 싶지 않으셨던 것일까?

이렇게 왔다갔다할 수 있는 것만으로도 얼마나 다행한 일인가만 생각하기로 했다. 그럴 수 없는 상황이라면 얼마나 더 안타까울까? 우리 이제 편안하게 이별을 준비하고 허락된 이 시간에 감사하기로…

마당엔 아직 눈이 쌓여 있는데, 햇살 좋은 곳에선 봄 새싹이 올라온다. 수선화 같기도 하고 할미꽃 같기도 한 작은 잎들. 아버지를 만나시거든 애쓰지 않고 편하게 왔다며 보라색 할미꽃 하나 건네 보라고, 말하고 싶다. 향이 없어도 이른 봄 바위틈이나 마당에서 올라오는 고개 숙인 그 모습이 참 고운 할미꽃…

내일 돌아가요

이번 한국행은 남편과 동행했다. 마음은 든든했고 무거운 캐리어도 부담이 없었다. 공항에서 기다리던 시간에도 옆에 같이 있으니 심심하지 않았다. 그렇다고 무슨 이야기를 끝없이 주고받는 것은 아니다. 남편은 말이 없는 타입이라 무던하다. 그런 사람이 장모님이 자신을 알아볼 때 몇 번 더 다녀와야 하겠다는 게 고마웠다. 긴 비행 끝에 강릉에 도착하여 짐을 풀고 시차가 적응이 안 돼 토끼잠을 자고 새벽 5시부터 송정 솔밭을 나가 걸으면서도 "날 알아는 보시겠지? 그래야 할 텐데…"라는 혼잣말을 몇 번이나 했다.

9시경, 보건소에서 코로나PCR 검사를 받으며 별일은 없겠지? 하면서도 걱정했다. 그 당시는 입국자 전원에게 24시간 안에 재검을 하도록 되어 있었다. 오후 2시, 문자로 결과가 왔다. 둘 다 음성. 바로 요양원에 면회 약속을 잡으며, 떠나기 전에도 한국에 들어와서 한 재검도 모두 음성이라고 알렸다.

집 앞 마트에서 과일과 요거트를 사서 택시에 올랐다. 요양원의 면회 장소는 건물 밖에 설치된 텐트였다. 봄바람이 신선한 밖에서의 만남이었지만 우리 모두는 마스크를 끼고 손에는 일회용 장갑까지 끼고 있었다.

"엄마, 엄마, 엄마." 숨 넘어갈 듯 부르자, 옆에 있던 남편이 한마디 했다.

"숨 넘어가겠다. 그렇게 다급하게 부르면 엄마가 놀래시지."

아, 그렇구나. 엄마를 빨리 부르고 엄마가 날 알아볼 것인가가 제일 중요했다. 엄마는 많이 수척해지셨다. 추위를 많이 타시는 엄마는 무릎에 담요까지 덮으시고 두꺼운 겨울 양말을 신고 휠체어에 앉아 계셨다. 나의 애타는 부름에도 '누군가?' 하는 표정이다.

"엄마, 이 사람 누구인지 알아?" 남편은 쓰고 있던 마스크를 내린다. 그래도 엄마는 표정이 없다. 이 사람 사위인데, 하고 한 열 번쯤 외치자, 그제야 "우리 사위는 전 남인인데…"라고 하신다. 아직 이름은 기억하시는구나. 이름을 말하자 남편은 아이처럼 좋아하며 손뼉을 쳤다. 자기의 이름을 아직 잊지 않고 기억하시는 장모님이 감사한 것일까? 무남독녀를 데려고 이국에서 살며 돌아오지 못한 미안함 때문일까? 엄마는 한번도 누구의 탓을 하지 않으셨지만 남편의 박사 학위가 끝나고 포스트 닥터까지 마치고도 돌아오지 않자, 해마다 신년이면 "올해도 안 들어오나?"라는 말씀을 근 20여 년 하셨다.

그러나 우리는 진작에 영주권을 받았고, 미국에서의 생활에 틀이 잡혀갔다. 엄마의 희망이었던, 우리가 돌아와 옆에 사는 일은 단 일 년도, 단 한 번도 못 해 봤다.

"갔다가 안 온다 했으면 절대 안 보냈지. 갔다가 공부하고 온다니까…" 하는 말을 했었다. 마침 절친의 딸도 미국으로 일 년간 연수를 떠났는데, "속지 마. 가면 안 와. 왜 보내려고 그래? 안 온다니까… 보내지마…" 하고 신신당부했었다.

어린 시절 '엄마는 혼자니까 지은이가 시집 가면 같이 살아야지'라는 말을 늘 듣고 살았다. 엄마의 친구들도, 우리 친척들도 모두 같은 말을 했다. 심지어 결혼 후 신혼여행에서 돌아오자 시어머니께서 남편과 나를 앉혀 놓고 그런 말씀을 하셨다. "너네는 강릉 어머니 모시고 잘 살아라. 어디에서 살든 내 아들이 잘 사는 거고, 우리집에는 아들이 많으니, 편하게 생각하고 어머니 모시고 잘 살아. 엄마 모시고 살아야지, 무남독녀인데…"라고. 너무 고마워 어쩔 줄 몰랐다. 그렇게 시댁에서도 암묵적인 허락을 해 줬는데도 정작 우린 미국으로 떠났고 아직도 돌아오지 않았다. 공부를 마치면 돌아와 함께 살 줄 알았던 딸과 사위는 해마다 엄마의 희망 고문이 되어 "올해도 안 들어오나?"를 거의 20여년간 물었다. 그런 엄마의 마음을 아는지 모르는지 무심한 딸은 미국에서 잘 지낸다고, 별 걱정이 없다고, 엄마만 건강하시면 된다는 이야기만 할 뿐. 엄마의 연세가 점점 높아가자 내심 걱정이 안되는 것은 아니었다. 무릎 통증이 심해 거동이 불편하게 되자 더욱더 엄마를 모셔야 한다는 강박감 같은 것이 생겼다. 그러나 늘 핑계는, 미국에 사니까… 여기 살림을 다 놔두고 갈 수는 없으니까… 엄마를 초청했었는데 못살고 가신 거니까…
라는 거였다.

사실 말이 쉽지 미국의 생활을 두고 한국에 나와
엄마를 모신다는 일이 보통일은 아니었다. 마음은 모셔야
지 하면서도 미국 생활을 두고 나올 용기는 없었다. 미국
생활이 한국 생활보다 훨씬 길었고 익숙해졌다. 누구의
간섭도, 누구의 시선도 신경 쓰지 않는, 내 가족인 남편과
아들만 챙기면 되는 단촐하고 안락한 편안함. 엄마를 모
셔야 한다는 것은 윤리교과서 안에 있는 한 부분이고 나
의 생활은 이미 이 편안함에 안주하고 있었다. 생각의 괴
리 속에서 가끔은 죄스러웠지만, 잘 살고 있다는 말로 내
자리를 정당화시켰다. '잘 살면 돼. 내가 편하면 엄마는 더
이상 바라는 게 없을 거야. 엄마는 건강하시니까 잘 지내
시잖아'라고 하면서.

엄마의 걱정과는 달리 절친의 딸은 미국에서 일년
연수를 잘 마치고 한국에 돌아와 좋은 병원에서 유능한
의사로 잘 근무하고 있다. 그런데 우리는 아직도 엄마의
희망 고문이 되어 세월만 보낸다.

남편은 유학생으로, 나는 미국 간호사 시험에 합격

하고 미국에서 대학을 다니며, 미국의 생활이 점점 편해지게 되었다. 아들은 미국 교육을 받고 자랐고, 아이를 데리고 한국에 나올 자신이 없었다. 엄마를 모셔야 한다는 생각은 늘 갖고 있었고 엄마의 영주권을 신청해 엄마가 '미국에 사는 연습'을 하러 오기도 했었다. 그러나 나와 남편 둘 다 일을 나가고 종일 집에 혼자 있어야 했던 엄마는 '이게 창살 없는 감옥이지' 하시곤 3달 만에 다시 보따리를 싸셨다. 그리고 난 한번 해 보았다며 스스로에게 면죄부를 주었다.

이후 엄마는 다시는 미국에 오지 않았다. 10년도 넘은 일이다. 그리고 난 직장에서 퇴직을 했고 시간적인 여유가 생길 때마다 자주 강릉에 왔다. 그것으로 엄마에게 할 일을 다했다는 짧은 생각을 했다. '내리 사랑은 있어도 치 사랑은 없다'는 옛말 하나도 틀리지 않다. 엄마는 평생 딸 하나만을 위해 사셨는데, 난 그냥 일 년에 한두 번 삐죽 다녀 가는 것으로 내 의무를 다 했다고 생각했다. 강릉에 와 있는 동안도 친구 만나고, 여행 다니고, 집에 있는 날이 며칠 안 되었으니, 엄마는 딸하고 긴 이야기 나눌 시간도 별로 없었다.

엄마는 장수할 것이고, 혼자 지내는데 별 문제가 없다고 생각했던 것은 순전히 나의 이기심때문이었다. 엄마도 나이가 든다는 걸, 구순이 넘었다는 걸 모르지는 않았지만, 전화할 때 '별일 없다', '괜찮다'고 하면 그걸 그대로 믿었다. 늘 내가 원했던 대답이었고, 엄마는 건강하셨으니까. 어쩌면 나는 내가 듣고 싶은 것만 들었을지도 모른다.

그러던 어느 봄날, 엄마는 집에서 넘어졌고 얼마 후 요양원으로 모셨다. 코로나 사태로 여행에 제한이 많아지자 요양원이라는 안전한 곳에 모셔 두고 온 것이 잘한 일 같다며 위안을 하기도 했다. 엄마는 요양원에 들어가신 후, 처음에는 영상 통화로 얼굴을 알아 보고 의사소통이 가능했다. 코로나 시기를 걸치며 치매진행이 급속히 빨라지더니, 나중에는 거의 전화 통화조차도 불가능하게 되었다. 그러자 사위는 마음이 급했던지 이번엔 꼭 같이 가자고 했다.

"장모님, 제가 누구인지 아세요? 민석이 아빠예요."

그렇게 조용히 이야기해 가지고는 안된다며, "엄마 이 사람 알아?"를 열 번쯤 하자 쳐다본다.

그리고 의아한 표정이 된다. 당신이 생각했던 사위는 젊은 대위였는데, 웬 할아버지가 당신을 보고 장모님? 한참 무슨 생각을 하시더니 "원주에서 왔나?" 하고 모기만한 목소리로 묻는다. 처음 신혼 살림을 차렸던 그곳을 기억하는 거다.

"네. 원주에 살던… 지금은 미국에서 왔어요."

남편은 그래도 장모님이 자기의 이름은 기억하는 것에 좋아서 어쩔 줄 몰라 했다. 그리고 거의 매일 면회를 갔다. 열흘쯤 연속으로 면회를 가자 엄마는 나는 확실히 알아보고 사위는 가끔 알아보았다. '그래, 이렇게 얼굴을 보여 드리고 몇 마디라도 이야기를 나누면 기억이 돌아올 거야.' 남편은 상당히 고무되어 있었다. 전형적인 치매증상에서 그런 요행을 바란다는 것은 말이 안 되는 사실이었지만 남편의 희망에 찬물을 끼얹고 싶지 않아 그냥 모르는 척 넘어갔다.

짧은 일정안에 친구들도 만나야 하고 여행도 며칠 해야 하고 그러다 보니 또 며칠 면회가 뜸해졌다. 다시 면회를 갔을 땐, 역시 못 알아봤다. 실망했겠지만 표현을 안 하는 무덤덤한 남편에게 내가 대신 미안했다.

“아, 우리 사위” 하며 반가워해 줬으면 얼마나 좋았을까? 남편이 돌아갈 시간이 되었다. 떠나기 전 면회를 갔다.

“내일 저는 돌아가요. 내년에 또 와요. 잘 계셔야 해요.”

아무런 말이 없던 엄마는 한참 있다가 겨우 한마디 물어본다.

“니도 가나?”

그 한마디에 또 가슴이 미어진다.

딸은 더 잡고 싶으셨던 것이다. 얼마나 곁에 두고 보고 싶고, 잔소리도 하고 싶고, 같이 여행도 하고 싶고, 맛있는 것도 같이 먹고 싶고, 지인들에게 우리 딸과 사위야 하면서 자랑도 하고 싶었을까? 그런 엄마의 평생의 마음을 알면서도 하지 못한 죄책감이 지금 이 시간, 그렇게 커다란 바위가 되어 내 마음을 누를지는 몰랐다.

남편이 돌아가고 혼자 면회를 가면서 “엄마, 나도 낼 가는데 또 올게.” 얼마 있으면 나도 그런 이야기를 해야 할 시간이 올 텐데, 그 말을 할 수 있을지 모르겠다. 가슴 속에 박힌 가시처럼 오랫동안 아플까?

이국 땅에 산다는 것은 큰 불효다. 자식은 가까운 곳에 두고 자주 만나야 한다. 부모가 연로해질수록 자식이 챙겨야 하는 부분들이 많아진다. 그럼에도 불구하고 집을 떠나 24시간이 지나야 올 수 있는 곳에 사는 우리. 그것이 바로 커다란 죄다. 감옥에 가야만 죄를 짓는 것은 아니다. 먼 이국 땅이 바로 엄마의 마음엔 창살 없는 감옥이다. 이렇게 왔다갔다한다고 마음 근육이 커지고 단단해지는 것은 아니다. 또 며칠 운동을 게을리하면 이 근육은 언제 다시 풀어질지 모른다.

"내가 누구야?"

"엄마, 엄마, 엄마. 내가 누구야?"

한참 내 얼굴을 뚫어져라 보더니,

"내가 천치나?"라고 한다.

"아~ 하하하."

웃음이 터져 나왔다.

"그러니까 내가 누구냐고?"

"딸이야, 지은이."

그제야 나는 박수 치며 맞다고 호들갑을 떨었다. 옆에 있던 요양원 원장님이 한마디 거든다. '그러게 말이에요. 딸도 못 알아보실까봐…' 여선생, 여교장을 무시하면 안 된다는 말일까? 나는 이게 웬일인가 싶어, 하이톤으로 깔깔대며 웃는다.

오늘따라 엄마의 눈은 초롱초롱하고 얼굴이 희고 맑다. 천진난만한 아이 같은 모습에, 나를 알아 보는 엄마. 이렇게 총기가 있는 상태가 좀 오래 갔으면 하는 욕심이 생긴다. 상태가 좋은 날에는 나도 신이나, 괜히 과장된 목소리로 이야기를 이어간다. 아들 민석이가 잘 있고 며느리가 참 예쁘다, 나는 요즈음 강릉을 즐기고 어젠 동해에 갔었다, 그제는 고종사촌 정남이와 전화를 했다는 등등.

'엄마, 우리집이 어딘지 알아? 어디야? 주소 기억나?' 묵묵무답.

"엄마, 청송 아파트 기억나? 엄마 퇴직하고 쭉 사셨던 아파트 말이야." 고개를 갸우뚱한다.

'그럼 홍제동 16번지는?' '용강동 시장 옆 골목 안. 함석지붕. 빗소리가 유난히 구슬펐던 일본식 가옥.' 다시 고개를 갸우뚱한다.

엄마는 어디까지 기억하는 걸까? 뇌세포 어느 부분을 핀셋으로 콕 찝어, 여기, 라고 했으면 좋겠다. 한참 있다가 "우리집이나?" 하고 한마디 묻는다. '맞아, 맞아, 우리

집. 홍제동 16번지. 기억나지?' 다시 또 답이 없다. 나도 따라 금세 풀이 죽어버린다. 박수를 칠 기운도 없다.

내가 미국에서 온 것을 인지하지 못하는 엄마는 내가 강릉을 즐기는 일이 당연할 것이고, 고종 사촌 이름을 잊고 있을 엄마는 그냥 누구랑 통화를 했나 보다 하실 것이다.

엄마의 상태가 좀 좋아 보이면 내 기분은 날아갈 듯하다. 속사포를 쏘아 올리듯, 주절거려 본다. 엄마의 기억을 깨우려는 노력이지만 어쩌면 엄마를 더 혼란스럽게 하는 일인지도 모르겠다. 무슨 말이라도 계속 자극을 주는 것이 좋다며, 난 신이 나서 떠든다. 내 기분에 취해 한껏 톤을 높여 좋은 이야기들만 하고 또 한다.

그러나, 엄마의 반응이 거의 없고 나를 못 알아보면 금세 풀이 팍 죽어, 요양원 언덕을 내려오는 발걸음이 무겁기만 하다. 언제쯤 엄마의 상태에 따라 변하는 내 감정들이 좀 편해질 수 있을까? 마음 속에 아직도 죄책감이 남아 있어 감정 조절이 안되는 것 같다.

'편안해지자. 편안해지자.' 주문을 외워도 문득 엄마 생각만 하면 감정조절이 안되며 급격한 우울감으로 빠진다. 엄마를 못 모시는 자책감, 이 무거운 가슴의 추는 언제쯤 가벼워질 수 있을지 알 수 없다. 엄마의 상태가 좋아 보이는 날엔, 이렇게 좋은 곳에 모셔서, 삼시 세끼 걱정 없고, 혼자 계시는 걱정 안 해도 되고, 이렇게 깨끗하게 입혀 주시고, 이만하면 됐다고 하다가… 엄마의 상태가 안 좋아 보이면, 내가 한국에 안 살고 있어서, 모시지 못해서… 하는 마음이 생긴다.

아주 우연히 TV 채널을 돌리다가, 〈알쓸신잡〉을 시청하게 되었다. 말 잘하는 작가 김영하와 젊은 양자물리학자 김상욱 박사와 몇몇이 모여 하는 토크쇼이다. 그야말로 알아 두면 쓸데없는 신비한 잡학사전.

그날은 마침 알츠하이머에 관한 이야기를 하고 있었다. 치매의 한 양상이기도 한 알츠하이머. 김영하는 '그 치매라는 것이, 과거를 잃어버리는 것이 아니라 미래를 잃어버리는 것'이라고 했다. 그 자리에 와 있으면서 왜 와있는지, 지금 여기에 있으면서 왜 있는지를 모르는 상황. 그것은 우리가 일반적으로 생각하기에는 과거를 잃어버린 것으로 보이지만 당사자는 어디로 가야 하는지 무얼 해야 하는지 모르기 때문에, '미래를 잃어버린 것'이라고 한다.

그 토론을 들으며, 엄마 생각을 했다.

　나를 물었을 때, 딸인 것은 기억했지만, 왜 그곳에 마주 앉아 있는지는 알지 못했다. 만약 엄마가 네가 내 딸이니, 뭘 하자 하든지, 점심을 먹자 하든지 했다면, 치매가 아닐 것이다. 그러나 엄마는 그 상황에서, 딸을 안 것 말고는 더 이상 말하지 못했다. 다음 단계로 나갈 수가 없는 것이었다.

　우리도 가끔 뭘 찾으러 갔다가 왜 왔는지 기억하지 못할 때가 있지 않는가? 그러면 다시 원래의 자리로 돌아가서 다시 시작해 보면, 그제야. 아하, 내가 참, 그걸 찾으러 왔었지, 하고 알게 될 때가 있다. 바로 앞의 미래, 그걸 잊어버리는 것이 치매라는 것을 그보다 더 정확히 알려 준 정의는 없는 것 같다.

　그렇다면 알츠하이머 진단을 받았을 때, 어떻게 해야 이 질환을 가장 더디게 진행하게 할 수 있을까 하는 것을 생각해 봐야 한다. 기록하고 또 기록하고, 확인하고 또 확인하고, 주위 사람들에게 자신의 상태를 알려, 자신이 기억하지 못할 때에는 다시 상기를 시켜주고 확인을 시켜주는 일. 그것만이 치매 환자를 돕는 길이라고 한다.

그런 측면에서 볼 때 우리 엄마 같은 경우에도 나와 같이 살면서 딸 사위 손주가 도왔더라면 지금 같은 상황이 더 천천히 오지 않았을까 싶다. 나의 부재는 어쩌면 엄마의 치매 상황을 더 많이, 더 빨리 진행시킨 것은 아닐까? 또다시 같이 살고 있지 않다는 것이 죄책감으로 밀려왔다. 또 어찌 생각해 보면 혼자 생활하는 것보다는 요양원이라는 단체 생활이 나은 것 같기도 하다. 식사도 같이 하고, 기억력을 유지할 수 있는 프로그램도 많이 하며, 다른 사람들과 어울리려 지내므로, 사회성을 좀 천천히 잃을 수도 있으니까.

프로그램을 시청하는 내내 무엇이 엄마에게 최선이었을까 생각하고 또 생각했다. 나의 미국 생활을 접고 강릉에 좀 더 일찍 왔더라면, 좀 더 자주 왔었더라면, 엄마의 가사 도우미를 좀 더 빨리 고용했더라면, 별의별 생각이 끊임없이 내 머리 속에 맴돌았다.

많은 생각들에 가슴이 메이고 또 혼자 울지만, 이렇게 울고 나면, 자책감에 짓눌리고 있던 가슴의 무게는 조금 가벼워지는 것 같다. 한국에, 강릉에 좀더 오래 머물며 면회도 더 자주가고 나 혼자 하는 이야기라도 더 많이 들려 드리면 엄마의 치매는 더디게 진행될까?

　　아무리 후회해도 현재의 상황이 달라질 수는 없고, 지나간 시간을 되돌릴 수 없지만 나의 죄스러움은 업이 되어 내 가슴에 남아 있겠지. 더 자주 강릉에 올 수 있고, 더 오래 강릉에 머물 수 있다 해도 엄마의 치매는 저 우울한 잿빛 겨울 바다처럼 제자리에서 일렁이고 있겠지. 잿빛 구름과 닿아 있는 수평선에 파란 하늘이 조금씩 보이는 것처럼, 엄마의 기억도 조금씩 돌아왔으면…

　　엄마의 앙상한 손을 잡고 오늘도 불러본다. 엄마! 엄마! 엄마!

아직은 할 수 있다

3개월은 생각보다 빠르게 지나갔다. 요양원에 계신 엄마의 면회가 주 임무인 한국 강릉 방문, 면회가 끝나면 송정 솔밭을 걷는 일. 집에서 홈트레이닝도 좀 하고, 책도 읽고, 글도 쓰고, 여행도 하고, 친구도 만나며 여유롭게 지내다 가는 백수의 일정. 한국과 미국을 왔다갔다한 지 벌써 4년째로 접어 들었다. 엄마를 요양원에 모시며, 시간이 허락할 때마다 한국을 가겠다는 계획을 하긴 했지만 이렇게 3개월 간격으로 왔다갔다할 줄은 몰랐다. 한국에서 짐을 풀고 좀 안정이 될 만하면 또 떠날 준비를 하고, 미국에 돌아오면 또 다음 갈 준비를 한다. 친구들은 그렇게 말

한다. 몸이 무쇠로 만들어졌어도 그렇게 왔다갔다하면 힘들지 않느냐고.

"아~ 난 비행기 안에서 좀 잘 자는 편이야. 첫 기내식에 와인 한잔을 마시고, TV 프로그램 하나 보고. 과일 부탁해서 먹으며 다시 와인 한잔하고, 책이 수면제 아니니? 읽다 보면 스르르 졸음이 오지. 그러면 담요 덮고 자면 돼. 한참 자고 나면 다음 기내식 주더라고. 또 먹고, 그때 커피 마시고 양치하고 세수하고 그러다 보면 얼추 다 왔어. 하하." 친구들은 이 나이에 비행기 타는 것에 이력이 났다며 놀라곤 한다.

말이 쉽지 코로나 때에 비행기 타기는 그야말로 전쟁이었다. 미국 출발 전 코로나 PCR 테스트하고, 오가는 내내 마스크를 써야 하고 잠결에라도 마스크를 내리면 깨워서라도 다시 쓰게 했다. 긴 비행에서 내리면 공항 출구에서 빨간 딱지 하나를 어깨에 붙이고, 지정된 방향으로 졸졸 따라 가, 강원도 보건소 임시방역 사무실에 등록을 하고, 방역버스를 타고 강릉에 도착한다. 도착하면 보건소에서 앰뷸런스에 실려 아파트까지 오고, 아파트 안으로 들어가는 것까지 확인하고서야 앰뷸런스는 돌아간다. 다음날 아침 PCR 재검. 그후 14일 동안은 절대 격리. 격리 해제 전 다시 검사. 세상에 무슨 전염병 환자도 아니고… 4시간마다 체온 측정해서 보고하고, 전화기의 움직임이 없으면 없다고 딩딩거리고, 아파트 문밖으로 친구가 가져다 준 음식들이라도 들고 오려고 나가면 구역을 벗어 났다고 딩딩거리고, 아침 저녁으로 집 전화로 확인까지 했다. 커다란 상자가 문 앞으로 배달되었다. 그 안에는 라면, 햇반, 카레, 깻잎 통조림, 김 등과 면역력 향상을 위한 비타민C에, 격리하는 동안에 나온 쓰레기는 따로 수거하라고 빨간 비닐백도 들어 있었다. 일회용 장갑과 알코올 스왑. 물 휴지 등등. 말 그대로 구호물자 박스.

그런 엄중한(?) 경호를 받으면서도 한국행을 감행했던 것은 엄마의 요양원 생활이 걱정되어서였다. 엄마의 치매가 더 진행되기 전에, 거동이 더 불편해지기 전에, 몇 번이라도 얼굴을 더 보기 위해 시간이 될 때마다 불편함을 감수하며 한국에 왔다. '이놈의 코로나는 도대체 언제 사라지는 거야' 하는 푸념을 풀어 놓으면서. 격리가 해제되어 엄마 면회를 할 수 있어도, 비대면이었고 유리창 안과 밖에서 소리 소리지르며 해야 하는 몇 마디가 전부였다. 그래도 딸 얼굴을 잊어버릴까봐, 되는 애교 안되는 애교도 보태며 "엄마, 엄마, 엄마, 이쁜 딸 왔잖아. 내 이름이 뭐야?"라고 수도 없이 물어보았다. 손으로 사랑해 모양도 해 보이며 손짓 발짓 동원해 봤어도 엄마의 표정은 갈수록 무반응이었다. 어쩌다 조금이라도 웃으면 난 좋아서 죽을 것처럼 "잘 했어. 잘 했어. 엄마 또 해 봐요"를 외쳤다.

늘 엄마의 면회를 일순위라고 하며 비행기를 탔어도 미국으로 돌아가는 길은 늘 아쉽다. 몇 번 못 만난 것 같고, 못한 이야기도 많은 것 같다. 그래도 이번 방문에는 처음 얼마간은 대면 면회가 가능했다. 나도 엄마도 마스크를 쓰고 있었지만 손도 잡을 수 있었고, 엄마의 마스크를 내리고 요구르트를 떠서 먹여 드릴 수도 있었고, 블루베리 같은 작은 과일은 하나씩 입에 넣어 드릴 수도 있었다.

본격적인 휴가철이 시작되며 이동인구가 많아지고 10만 이상의 확진자가 나오자 다시 비대면으로 전환되었다. 유리 문을 사이에 두고 고래고래 소리를 지르는 면회가 몇 번 더 허락이 되었다. 그 중 한 번은 엄마의 생신을 당겨서 하기로 한 날이었다. 그날도 역시 비대면만 허락한다고 했다. 꽃바구니와 케익을 전해드리고 유리창 밖에서

"HAPPY BIRTHDAY TO YOU~" 노래를 부르며 몇 번이나 더 이 노래를 부를까 싶었다. 가슴은 미어지고 목소리는 떨렸어도 창으로 엄마 얼굴을 보고 부를 수 있어 감사했다. 엄마는 역시 무표정이었다. 케익과 꽃바구니를 보고도 아무런 동요가 없이 먼 곳을 바라본다. 나와 눈을 마주치지도 않고 허공만 바라보는 엄마. 손뼉도 치고 작은 폭죽도 터뜨려 보았지만 미동도 없다. 나이 60중반이 넘어 엄마 앞에서 혼자 하는 재롱잔치가 끝나고, 요양원을 나오며 또 울컥 눈물이 났다. 눈물은 지금 살아 있음의 표현일까?

그래도 아직 이곳에 엄마가 계신 것이 얼마나 감사한 일인가, 만 생각하기로 했다. 큰소리로 내 이름을 묻고 또 묻더라도, 유리창 안쪽에는 아직 엄마가 계신다. 장시간 비행을 마다 않고 오면 만날 수 있는, 불러 볼 수 있는 엄마가 계신 것만으로도 불편한 비행은 아직은 할 만한 일이다. 기억을 잃어가는 엄마의 모습이라도 엄마가 아직 이곳에 있고, 나의 이야기 풀어 놓을 수 있는 시간이 허락된 것이 얼마나 감사한 일인가? 힘들고 어려운 상황이 된다 해도 엄마가 계신 강릉은 따뜻하고 포근한 곳이며, 아무리 힘들어도 감사하고 또 감사하며 올 수 있는 곳이다.

무리 힘들어도 감사하고 또 감사하며 올 수 있는 곳이다.

코로나라는 복병

기다리고 기다리던 코로나19 1차 예방 접종을 했다. 지정한 시간에 갔지만 줄은 예상 외로 길었다. 예방 접종을 해야만 한국을 갈 수 있다. 이정도 불편함이야 감수할 수 있다. 한달 후 2차 접종을 할 거고 그 이후엔 꼭 엄마한테 갈 거다. 누가 뭐라해도 난 간다. 더 이상의 기다림은 안된다. 기다리다 죽으나, 가다가 죽으나 마찬가지라는 생각. 머리가 돌기 직전이다. '기다림의 미학'은 갖다 버리라고 하고 싶다.

하염없는 기다림. 주치의한테 한국에 가야 하는데 예방 접종을 빨리 맞게 해 달라고 부탁을 해 두었지만 벌써 2달째 기다리는 중이다. 이 상황에서 한국을 가도 면회가 된다는 보장이 없지만, 20분안에 갈 수 있는 거리에서 기다리는 것과 24시간이 필요한 이곳에서 기다리는 일은 커다란 차이가 있다.

드디어 예방 접종을 할 순서가 되었다는 통보를 받았다. 면역이 생기려면 2-3주가 필요하고, 또 한달 후 2차를 맞은 후에나 여행을 할 수 있단다. 예방 접종이 끝나고 면역이 생기면 한국을 갈 수 있다는 것에만 온 신경이 모여 있다.

1차 예방 접종을 했다. 이젠 강릉을 갈 수 있다는 희망이 생겼다. 계절이 한 바퀴 돌아도 기세가 대단한 코로나19. 한 달 후 2차 접종까지 마치고 나면 갈 수 있다. 이제는 실행을 하면 될 일이다. 영사관, 여행사, 강릉 보건소에 전화를 걸었다. 예방 접종 증명과 출발 전 48시간 내의 PCR 검사, 도착 후 15일 격리 등. 까다롭고 힘든 과정을 거쳐야 한다.

미국으로 돌아온 지 벌써 1년이 넘고 있다. 예정대로라면 벌써 2번은 더 갔어야 했지만 발이 묶이고 말았다. ‘코로나19’ 전염병의 기세가 영 만만치 않다. 지난 24시간

동안 사망자의 숫자가 아침 뉴스의 첫 기사로 보도된다. 밖으로 외출하는 것이 무섭고 두렵다. 어디에 숨어 있을지 모르는 복병. 마스크를 쓰고, 장갑을 끼고, 거리를 유지하고. 마스크 대란에 이어 손 세정제 대란이 일어났다. 그래도 한국은 미국보다 훨씬 더 관리가 잘 되는 것 같지만, 이게 무슨 상황인지 도무지 이해가 안 된다. 의학과 과학이 과연 발전되기는 한 건가 의문이 든다. 화성도 간다는 이 시대에 전염병 하나로 모든 일상이 마비되다니. 그것도 전 세계가 동시에.

여러 사람이 모이는 곳은 '출입금지' 표지가 없어도 알아서 출입을 안 한다. 식당에서 외식을 안 하는 것은 불문율이 되었다. 생필품을 사야 하는 슈퍼마켓 한번 가는 것도 전투 자세로 순식간에 장을 보고 나온다.

요양원 원장님이 전해주는 소식에 따르면 어르신들도 방에서만 지내고, 모여서 하는 식사, 오락 치료 등을 거의 못 한다. 얼마나 답답하고 힘들까 싶다. 어르신들이 모여서 함께하는 시간이 있어야 서로에게 의지가 되고 치매의 진행도 더딜 텐데 말이다.

작은 방에서 TV만 틀어 놓고 있을 어르신들. 더구

나 엄마는 청력도 많이 떨어졌는데 잘 듣기는 하는 걸까? 볼륨을 한껏 올려야만 들을 수 있는데 옆방에 방해가 되는 건 아닌가 싶다. 어르신들이 함께 하는 치료시간도 없고, 면회도 안 되고, 그렇게 사회로부터 고립되며 점점 말을 잃어 가고, 치매는 더 급속히 진행되며 나빠지는 건 아닌지 걱정이다.

엄마와 영상 통화도 못 한지 너무 오래 되었다. 내 생각이긴 하지만 엄마가 말도 점점 더 어눌하고, 화면 속의 나를 못 알아볼까 봐 원장님이 안 바꿔주는 것 같기도 하다. 멀리 있는 내가, 갈 수도 없는 상황에서 너무 마음 쓸까봐 그러는 것 같다. 거의 매일 어떻게 하면 강릉에 갈 수 있을까 연구를 해 보지만 녹록하지가 않다.

일단 국제선 비행기 편수가 급격히 줄었고 미국 국내선도 제약이 많다. 겨우 노약자들부터 예방 접종이 시작되었다는 소식.

여행이 조금 자유로워지는 그 시간까지 엄마가 잘 견뎌 주기만… 기다림에 지쳐 숯덩어리가 된 내 마음. '이 또한 지나가리니…' 그 한마디 기억하며. 엄마는 엄마이니까 기다려 줄 거라고 믿으며 오늘도 기도하는 마음이 되어

본다. 가슴에 불씨 하나 남기며…

숫자보다는 마음

다시 비행기 표를 예매한다. 8번째! 엄마를 요양원에 모신 후, 내가 한국을 다녀간 숫자이다.

처음엔 긴 비행시간 때문에 힘들었지만 이젠 이력이 나서, '갔다 올까?' 하는 생각이 들면 바로 행동에 옮긴다. 이번도 마찬가지다. 제일 바쁜 시기인 연말에 가게 일은 모른 척, 길을 떠나 왔다. 내 남은 인생의 영 순위는 '엄마', 어차피 1월에 올 예정이었으니 그 시간을 좀 당긴 것뿐이다.

엄마를 요양원에 모시며, 몸도 마음도 허물어지던 그 상황을 고스란히 옆에서 지켜보아야 했던 남편은 '갔다 올까?' 하는 이야기만 나오면 무조건 다녀오라고 했다. 칠순의 남편이 혼자 식사 챙기고, 빨래하고, 가게도 가끔 나가는 일이 쉽지 않겠지만 그런 불편함도 감수하며 나의 강릉행을 기꺼이 허락해 준다. 몇 번이나 더 올 수 있을지? 엄마를 만날 시간은 얼마나 더 남아 있을지 모르는 지금, 할 수 있을 때 하는 데까지 해 보는 것이 나중에 후회하지 않을 일이라며. 내 생각에 동조해 주는 남편의 마음이 고마울 뿐이다.

이번도 마찬가지였다. 미국으로 들어간지 4개월도 안 되었고 중간에 한 달간의 여행도 했으니, 실제로 미국 집에 있었던 것은 겨우 2달 정도이다. 그런데도 또 짐을 챙겨 길을 떠났다. 사실 이젠 모든 것이 미국 집과 강릉에 거의 비슷하게 나누어져 있어 짐을 거의 싸지 않아도 되기는 하지만. 이때 가야 비행기 삯이 가장 저렴하다는 여행사 직원의 말을 전하면서 떠나는 이유를 정당화시켰다.

집을 떠난 지 36시간 후, 강릉에 도착했다. 어둠 속에서도 실루엣을 드러내는 밤바다와 검은 솔밭, 차가운 밤공기가 반겨 주었다. 24시간쯤 자고 나자 몸은 곧 적응되었다. 마침 월드컵 축구를 보며 시차 적응을 빨리 할 수 있었던 것 같기도 하다. 대면 면회를 하기 위해서는 입구에서 코로나 검사를 해야 하고 매번 콧속을 찌르고 15분을 기다려야 하지만 이 정도의 불편함은 언제라도 할 수 있다. 외사촌 언니들이 이야기한다. '언제 엄마 모시고 나와서 집에 며칠 계시게 해 봐.'

꽃피는 봄이 오고, 이 엄동설한이 좀 누그러지고, 코로나 사태가 나아지면 한번 해 볼 생각이다. 친구에게 부탁해 서지도 걷지도 못하는 엄마를 부축해서라도 차에 태우고, 휠체어에 태워 경포호수를 한바퀴 돌며 아버지의 시비 앞에서 포즈도 취하게 하고, 바다가 보이는 아파트에서 동이 트는 새벽을 함께 맞고 싶다. 잣을 갈아 죽을 끓이고 먹여드리며 고소한지 물어 보고 싶다. 더 드시고 싶은 것은 없는지 살피며, 뼈만 남은 가는 몸을 따스한 물로 씻겨 드리고 향이 좋은 로션을 발라드리고 싶다. 이게 다 나의 허망한 꿈일 수 있고, 희망 고문이라고 할지라도, 내 남은 인생의 영 순위인 엄마와 함께 지내는 남은 시간들에 최선을 다해 볼까 싶다. 그런 시간이 허락되기를 간절히 기도한다. 그때까지 엄마가 버틸지 알 수 없지만 나의 후회가 걸려 넘어지는 문턱이 되지 않기만을…

몇 주가 지났다. 아직도 계획을 실행하지 못했다. 차를 빌려준 절친. 부탁하면 같이 힘을 보태 주겠지만 용기가 나지 않는다. 엄마가 나오면 외사촌 언니들이 다 모일 거고, 그러자면 난 엄마뿐 아니라 언니들도 살펴야 한다. 모두 노인들이다. 다들 약간의 치매 증상도 있다. 식사도 준비해야 하고 잠자리도 그렇다. 혼자 힘에 부칠 것이 뻔했다. 생각은 늘 내 머리속에서만 맴돌 뿐 실행에 옮기지 못했다. 마음이 쓰리고, 미안하고, 후회한다고 하면서도 막상 일을 실행하지 못하는 이기적인 딸. 핑계로 상황을 덮어 버리는, 이게 나의 실체다.

먼 바다 수평선까지 이어지는 흰 파도들이 잦아 들었다. 파도 위를 떠다니던 갈매기 떼들도 사라지고 소나무들은 춤사위를 버리고 유유히 섰다. 그 푸르름 사이로 걷는다. 들숨으로 차가워진 폐부에서 내뱉는 물기서린 날숨에 모든 시름을 내려 놓는다. 솔향 가득한 숲에서 차가운 바람을 만나며 든 생각. 중환자실에서 만났던 많은 죽음들. 아무런 예고 없이 사고나 심장 마비나 뇌출혈 등으로 일순간 저승사자를 따라 가는 이들. 골든 아워를 놓치면 한마디 말도, 손 한번 잡아 보는 일도 못한 채 황망히 떠나갔다. 남겨진 사랑하는 가족들과 친구들과 지인들의 아픔의 끝은 깊은 질곡이었다. 그런 것에 비해 엄마와 내가 함께하는 이 시간은 어쩌면 서로에게 허락된 축복인 것 같기도 하다. 오롯이 엄마만을 생각하는 이 시간들. 이렇게 내게 허락된 시간이 얼마나 감사한가만 생각하기로 한다.

몇 달 후면 또 떠나며 아홉 번째의 여행을 준비하고, 또 몇 번이나 더 남았을까 하는 똑같은 생각을 하겠지만 태평양 위의 하늘길을 다닐 수 있는 지금 이 시간, 감사하고 또 감사하며…

다시 강릉

강릉 집에서 나와 길을 건너면 바로 송정 해변 솔밭
이다. 한 30여분 경포 쪽으로 솔밭 길을 걷다 보면 경포호
수를 만날 수 있다. 경포호수까지 이어서 한바퀴 돌려면
내 걸음으로는 한 시간 반 남짓 걸린다. 강릉의 모든 곳을
사랑하지만 특별히 이곳을 가장 사랑하는 이유는 경포호
수 둘레길에 아버지의 시비詩碑가 있기 때문이다.

시인 최인희崔仁熙는 1926년생이다. 아버지는 1958
년 작고하셨고 그때 나는 3살이어서 내 기억 속에 아버지
모습은 없다. 어머니를 통해 들었던 이야기, 몇 장 남은 흑
백 사진, 남겨진 원고 안에서만 존재했다. 철이 들며, 시인

의 딸이어서, 시인이 되고 싶었다. 하지만 재주가 모자랐다. 번득이는 시상도 주옥 같은 시어도 건질 줄 몰라 일찍 포기했다.

옛날 내가 초등학교를 다닐 무렵에는 《어린이》라는 잡지가 있었다. 요즈음도 그런 어린이 잡지가 있는지 알 수 없지만 당시엔 유일한 어린이 잡지였고 유명했다. 해마다 《어린이》 잡지사에서 전국 어린이들을 대상으로 글짓기 공모를 하였다. 그때 나는, 문예담당 선생님의 지도로 긴 글을 써서, 공모에 우편으로 보냈었다. 제목은 '아버지는 구름 나라 시인'. 시인 아버지, 선생님이었던 엄마, 나는 왜 아버지가 없을까에 대한 의문, 결손 가정의 아픔들을 조금씩 엮어서 썼었고, '장원'의 영광을 안았다. 전국에서 응모를 하였으니 대도시의 쟁쟁한 경쟁자들을 물리쳤다는 뿌듯함과 자신감. 그 한방으로 나는 동네에서 한 동안 유명세를 탔었다. 이후 자동으로 문예반 소속이었고, 자동으로 글 잘 쓰는 아이로 통했다.

사실, 어머니는 나의 글쓰기를 썩 좋아하지는 않았다. 아버지의 힘든 창작 시간을 옆에서 직접 보셨고, 어렵고 힘든 창작 활동의 버거움을 이기지 못하고 일찍 세상을 하직하신 아버지의 모습을 그대로 닮고 있는 나의 자리를 썩 내키지 않아 했다.

시인보다는 다른 전문직 여성의 목소리를 좀 낼 수 있는 사람으로 키우고 싶어 했다. 그래서 결혼 후 유학 가는 남편 따라 미국으로 건너갔고, 그곳에서 대학을 다녔다. 돌이켜보면 영어만 쓰며 열심히 살았던 10여년의 세월이 있었기에, 다른 길에 대한 열망이 더 커졌을 수도 있다. 시인의 딸이라는, 인생의 숙제를 언젠가는 해야 한다는 강박 비슷한 것도 있었다.

녹록지 않은 미국 생활 안에서도 애써 잡고 있었던 '글쓰기'. 미주 한국일보 등에서 여러 번 상을 탔고, 2010년은 《신동아》에서 "죽음 앞의 삶"이라는 논픽션으로 대상을 탔다. 《신동아》 수상을 계기로 2012년은 《당신이 있어 외롭지 않습니다》를 웅진출판사에서 출간했다. 누군가 나를 '작가님' 하고 불러 주면 세상을 다 얻은 것 같았다. 본캐보다 부캐를 더 사랑했던 나. 엄마는 나의 글쓰기를 그리 탐탁치 않아 하셨으면서도 상을 타면 좋아하셨고 주위에 자랑도 많이 했다. 시상식 맨 앞자리에서 손바닥이 아프도록 손뼉을 쳤다.

이제, 나는 본업에서는 은퇴를 했고, 부캐를 본캐로 만들며 산다. 3년 전에도 또 하나 에세이를 출간하였지만 별로 빛을 보지 못했다. 요즈음은 신변잡기를 브런치에 꾸준히 올리며 지낸다. 콜로라도에 사는 한국 할머니의 일상, 강릉을 사랑하는 이유, 몇 개의 여행기들이 올려져 있다. 구독자 수가 급격히 느는 것도 아니고 번득이는 단어들로 젊은이들의 시선을 끄는 것은 더욱 아니지만 나만의 감정으로, 할머니의 단어들로, 소소한 이야기를 이어간다.

그런 인연으로 서점 '당신의 강릉'을 알게 됐고 김민섭 작가의 '김민섭 찾기 프로젝트'와 《나는 지방대 시간강사다》와 《대리사회》도 만나게 되었다.

내게 남아 있는 시간이 지나간 시간보다 훨씬 짧은 이쯤에서 뒤돌아 보는 일은 대부분 좋은 기억들이다. 시간이라는 만능 지우개로 아팠던 옛 기억들을 하나씩 지우며 살고 있는 세월. 그 시간에는 아팠다고 해도, 지나갔기에 웃을 수 있고, 감사할 수 있다. 그 시간들이 있었기에 오늘이 있음을 잘 아는 나이가 어느덧 되었다.

경포 호수 주위의 조각 작품들과 시비는 〈경포호 조각로드〉라는 이름으로 1999년 조성되었다. 경포호수 둘레 길 일부에 조성된 조각품들과 강릉과 인연이 있는 작고한 시인들의 시비들, 그곳에 있는 시인 최인희의 시비. 그의 딸인 것과 퇴직 여교장의 딸인 것이 자랑스럽다. 두 분에 비하면 턱없이 부족하지만, 천상에서 다시 만나면, 나도 최선을 다했다고 말하고 싶다. 열심히 사는 것 외엔 다른 재주가 없어서…

경포호수 둘레길은 강릉에 오면 제일 먼저 찾는 곳이고 미국으로 돌아가기 전 맨 마지막으로 찾는 곳이기도 하다. 강릉에 왔을 땐, '또 왔다'는 문안 인사. 미국으로 돌아갈 때는 '다녀오겠습니다' 하는 마음 속의 인사를 건넨다. 아버지가 묵묵히 호수를 바라보고 서 계신 곳. 경포호수 둘레길을 걷는 이름 모를 여행객을, 길손들을 반기시며 함께하신다. 계절이 바뀌는 시간에는 계절의 두런거림을 만나고 풍경이 바뀌는 정겨운 모습을 즐기시겠지. 딸과 사위와 다른 가족들의 방문에 흐뭇한 미소 지으시며,

조용히 이슬이 지는 호숫가에는 하이얀 물 줄을 그으며

한 쌍의 백조도 떠나가리라

시 한 수 읊으시는 분. 언제라도 찾아오면 늘 그 자리에 계시는 분. 오늘도 감사하게 이 자리에 서서 두 분의 마음 한 자락 배우며 걷는다.

엄마의 마지막 시간들

시간은 늘 빠르게 지난다. 작년은 특별히 더 그런 느낌이다.
엄마가 떠난 지 벌써 1년. 아직 편해진 것은 아니다.
내 기억에서 엄마의 모습들이 희미해지기 전에,
아직 추억의 일들이 켜켜이 남아 있는 이쯤에
나의 마음을 정리해 본다. 온전히 나의 시선에서만 바라본
엄마의 모습들. 많이 힘들고 아픈 기억이고
극히 개인적인 일들이지만 나에겐 무엇보다도 소중하다.
가장 사적인 것이 가장 공적일 수 있다고
누군가 말했던 것을 기억하며…

죽음은

마칭표가 아닙니다

죽음은 영원한 쉼표,

남은 자들에게

끝없는 울음표,

— 김소엽의 '죽음은 마침표가 아닙니다' 중에서 —

"NO"라고
말할 수 있는 용기

토요일 오전, 긴 통화 중이었다. 전화를 끊고 보니 엄마가 계시는 요양원 원장님이 카톡 전화를 하다가 안돼 핸드폰으로, 또 안돼서 결국은 메시지를 남겨 놓으셨다. 가슴이 '쿵' 떨어졌다.

무슨 일이 있구나.

바로 통화가 됐고, 엄마가 골절이 되신 것 같다고 한다. 아차, 싶었다. 전날 면회를 갔을 때 엄마는 평소보다 늦게 내려왔다. 엉덩이 쪽이 아프신지 휠체어로 옮길 때 많이 불편해하셔서 방석을 한 켜 더 깔고 모시고 내려오느라 시간이 좀 더 걸렸다는 설명이었다. 그날은 별 문제가 없었으나 다음날 아침 왼쪽 대퇴부에 멍이 심하게 들어있는 것을 발견했단다. 거의 움직이지 못하는 다리이기는 하지만 평시와는 현저한 차이가 나는 모습. 기저귀를 갈 때 인상을 많이 찌푸리셨단다. 원장님께 보고를 드렸고 바로 확인을 한 후, 골절 같다는 판단을 하고 응급실로 모시고 간다며, 그리 알고 있으란다. 어느 병원이냐고 그곳에서 만나자고 묻고, 난 허둥대기 시작했다. 어떻게 해야 하나? 어쩌지? 얼마나 아프실까? 최악의 상태 단어들만 머릿속에 가득하고 가슴은 콩닥거렸다. 운전을 하며 손은 떨렸고 다리도 후들거렸다. 늘 이야기하는, 평정의 마음도, 준비됐다고 생각했던 것도 어디로 사라져 버리고 머릿속은 온통 뒤죽박죽. 아무튼 병원에 도착해 응급실로 들어섰다. 요양원의 센터장님과 동행해 오신 요양사 선생님을 만나고 엄마가 누워 있는 작은 침상가로 다가갔다. 생각보다 얼굴이 너무나 평온하다.

치매 환자라도 통증은 느낀다는데 엄마는 뼈가 부러진 통증조차도 못 느끼는 모양이었다. 그나마 다행이었다.

"엄마. 안 아파? 여기 왼쪽 다리 많이 아프지?"

묵묵부답…

“엄마, 엄마, 엄마. 안 아파?” 목이 메인다.

“왜 안 아프지? 진통제 주사 맞으셨나요?” 요양사 선생님이 아니라고 고개를 저었다.

작은 몸을 덮고 있는 분홍색 담요를 들추고 골절된 쪽의 다리를 만져본다. 발끝이 조금 부은 것 말고는 별 다른 것이 없다. 이미 엑스레이도 찍었고, CT도 찍은 후라 캐스트를 하고 붕대를 감아 놓아 그 안의 상태는 알 수가 없었다. 보호자가 왔다는 연락을 받은 응급실 의사가 스테이션으로 부른다.

굳이 설명을 안 해도 알겠다. 엑스레이 상, 좌측 대퇴부 완전 골절. 젊은 사람이라면 수술을 해 뼈를 잘 맞추고 와이어로 고정을 하고, 겉의 상처가 아물면 석고붕대를 감아 안정이 되게 하면 될 일이었지만 엄마는 아픔도 인지를 못하는 중증 치매.

젊은 의사는 컴퓨터에서 골절 부위를 펜으로 가리키며, “원장님이 입원하시고 수술하시라는데요.” 딱 한 마디.

다른 검사는 안 하셨나요? 수술을 결정하면 전신 마취인가요? 부분 마취인가요? 이 연세에 마취를 하면 깨어나실 수 있나요? 그 정형외과 과장을 좀 만나볼 수 있을까요? 트랙션을 달아서 뼈를 맞추어 끼우고 캐스트를 하는 방법은 안되나요? 나의 쏟아지는 질문을 말 그대로 무시한 채, '제가 좀 바빠서' 하며, 전화를 든다. 그리곤 다른 환자의 이야기를 하기 시작했다. 마음 같아서는 한 대 쥐어 박고 싶다.

간호사일 거라 생각이 드는 남자가 '입원 수속은 원무과에 가서 하시고요'라는 말이 끝나기 무섭게, 나는 "수술 안 합니다" 하고 답했다. '뭐지?' 하는 그의 따가운 시선을 똑바로 쳐다보며, 다시 한번 또렷하게 말했다.

"울 엄마 수술 안 하신다고요."

"여기에 서명하고 퇴원하십시오."

종이에는 엄마의 진단명과 수술을 권유했으나 보호자가 거부했다고 쓰어 있었다. 물론 수술을 안 했을 때 발생할 수 있는 합병증들도 열거돼 있었다. 그런 위험을 감수하면서 퇴원을 시키는 보호자. 이름을 쓰고 서명을 하고 관계란에 '딸'이라고 명기를 했다. 간호사는 식염수 정맥주사를 즉시 제거했다. 응급실에서 엄마 옆을 지키고 계셨던 요양사 선생님이 조심스레 엄마 옷을 입혔다. 왼쪽

다리에 힘이 실리지 않게 최대한 조심을 하며 응급실의 차고 딱딱한 침상에서 누울 수 있는 휠체어로 엄마를 옮겼다. 엄마는 무척 가벼웠다.

소변 줄을 낀 채로 담요를 둘둘 말아 바람을 피하게 하며 밖으로 나왔다. 센터장님이 차를 빼 엄마를 태우고 나는 주차장으로 걸어왔다. 요양원에서 다시 만나자고 하며. 울컥한다. 휴일의 넉넉한 주차장이 더 을씨년스럽다. 아직 매서운 겨울 바람은 목으로 불어 들고 가슴은 서늘하다.

운전을 하는 눈앞이 뿌옇다. 흐르는 눈물을 애써 닦지 않는다. 어디서든 발생할 수 있는 사고다. 이 사고가 원인이 되어 엄마의 마지막 시간이 당겨질 수도 있다는 생각이 들었다. 어떤 상황이 닥쳐도 나는 준비되었다고, 언젠가 한번은 올 시간이라고 말은 늘 그렇게 했으면서도 정작 사고가 나고 응급실을 가게 되니, 난 아무것도 준비되어 있지 않았고 마음도 역시 흔들렸다. 수술 권고를 받았으니, 수술을 해야 하나? 수술을 해야 통증이 사라지는 것은 아닐까? 골절이 문제가 되어 엄마가 더 빨리 돌아가시는 것은 아닐까? 수술을 하고 나면 재활이 될까? 엄마는 이 상황을 설명하면 알아들을까? 어쩌지? 어쩌지?

그러나 이내 정신을 가다듬고 엄마의 소원대로 해 드려야 한다는 결론에 이르렀다. 요양원에 도착해 엄마는 방으로 올라가시고, 원장님의 손을 잡고 간곡히 이야기를 했다.

"수술을 했다고 칩시다. 못 깨어나 중환자실이라도 가게 되면 그땐 또 어떡할 거예요? 수술이 되고 마취에서 깨어난다고 하더라도 이런 치매 상태에서, 수술 후 통증 같은 것도 말씀을 못 하실 것이고, 수술 전후 식사도 잘 못하실 것이고, 수술을 해서 골절 상태가 붙을 수 있다면, 그냥 이렇게 캐스트를 한 상태로 두어도 붙을 수도 있고, 지금도 아프실 텐데… 수술을 하고 나면 얼마나 더 아프겠어요. 수술 부위의 상처도 아플 텐데 표현을 못해서 그렇지… 어차피 못 쓰시는 다리예요. 그게 하루 이틀도 아니고 벌써 3년이나 다리를 못쓰신 것인데, 우리 애쓰지 말아요. 이만큼 했으면, 최선을 다했다고 생각해요."

원장님도 울고 나도 울고.

"어떻게 이런 일이 생겼는지. 너무 죄송해요"만 계속 하시는 원장님을 뒤로 하고 언덕을 내려왔다. 집에 들어오자 통곡이 밀려온다. 미국에 있는 남편에게 전화를 걸어 설명하고, 절친과 외사촌에게도 전화를 걸어 현재의 상황을 설명했다. 누구도 수술을 하라고 하지 않았다. 물론 이미 내가 내린 결정이었기에 그렇게 이야기해 주는 것일수도 있겠지만.

"NO"라고 한 나의 대답이, 엄마가 정신이 또렷할 때 원했던 '편하게 가시는 일'을 돕는 것 아닐까?

다행이다. 내가 강릉에 있을 때 발생한 사고이고, 수술 여부를 내가 결정할 수 있어서 더 다행이었다. 나의 오랜 경험으로 이것이 최선의 선택이었고, 최선의 방법으로 편안하게 해 드릴 수 있는 길이라고 믿는다. 혼자 있으면 시도 때도 없이 울음보가 터지고, 이게 과연 현명한 판단이었을까 자책을 하기도 하지만, 내가 엄마를 대신해 "NO" 할 수 있는 단단한 마음이 있어야 한다고 변명해 본다.

아침 햇살에 동해 바다의 물결은 눈이 부시다. 어젯밤에 만들어 놓은 소고기 죽을 들고 조금 이따 면회를 갈 것이다. 면회가 끝나고 돌아오는 길에 또 울음이 터지고 가슴이 아파도, 이것이 최선이었다는 생각만 하기로 한다.

오후에는 두꺼운 외투를 입고 털모자를 깊이 쓰고 목도리를 둘둘 감고 경보를 해 봐야겠다. 마주 오는 바람에 내 답답한 가슴을 맡기며 걷고 또 걸어야겠다. 길이 아득히 먼 곳처럼 뿌옇게 이어진다.

친구들의 기도에
감사하며

2주의 시간이 지나고 있다. 엄마의 대퇴부 골절상과 응급실 방문. 엄마는 연세도 있고 걷지 못하는 상태라서 전신 마취하는 수술을 받지 않겠다고 결정을 내리고 돌아온, 요양원.

늘 생각했던 '마음의 준비'는 어디로 사라졌는지, 무엇부터 어떻게 해야 할지 허둥거렸다. 일단 엄마가 다니시던 성당에 연락을 하여 '병자성사'를 받게 해 드려야 한다는 것 말고는 아무 생각이 나지 않았다. 다행히 본당 신부님과 연락이 되었고, 신부님은 기꺼이 와 주시겠다고 했다. 신부님을 모시러 가며 자리를 비우는 사이, 혹시 모를 상황이 생길 수도 있으니, 인사를 하고 자리를 비우라는 요양사 선생님의 말에 따라 인사를 한다.

"엄마. 평생동안 딸 하나만 잘되라고 기도하셨는데, 이렇게 밖에 못해 드려서 죄송해요. 엄마, 평생 너무 너무 애를 쓰셨어요. 혼자 얼마나 힘드셨어요. 정말 고마워요. 아범도 미국에서 오고 있고, 나는 신부님 모시러 가요. 조금만 기다리세요."

나도 울고, 요양사도 울고, 원장님도 울고. 너무 울면 환자분 떠나시는 길이 힘들다며 그만 그치라 한다.

겨우 눈물을 닦고 집에 와 샤워를 하고, 밤에 요양원에서 잘 준비를 했다. 갈아 입을 옷을 챙겨 신부님을 모시러 갔다. 옆자리에 앉으신 신부님. 마음이 조금 놓였다. 의연한 척하면서 신부님께, 마음의 준비는 되었다고 말씀드렸다. 연세를 물으시며 요양원에 가신지는 얼마나 되었는지 등 몇 가지 질문을 하셨다. 94세, 요양원에 가신지는 3년, 퇴직 교장, 나는 무남독녀, 등 간단한 설명을 드리고, 엄마가 있는 방으로 모시고 올라갔다. 병자성사와 간단한 기도를 마치신 신부님이

"아직 시간이 좀 있으신 것 같은데요. 언제라도 괜

찮으니 또 오겠습니다"라고 하신다.

그 몇 시간 동안 엄마의 상황은 많이 좋아졌다. 시간을 벌기 위해, 요양원에서 하자는 대로 실행했던 약간의 치료가 효과가 있었거나 신부님의 기도가 효험이 있었거나. 아니면 하나밖에 없는 사위 얼굴을 보고 싶어서이거나. 엄마가 원하지 않으셨던 치료의 한 방법인, 산소를 주고, 항생제를 쓰고, 기계를 사용해 가래를 빼내는 일을 하면서 마음은 불편했지만, 남편이 도착할 때까지 시간이 필요했다.

다음날, 엄마의 상태는 더 나아졌다. 급격히 하강하던 혈압도 거의 정상으로 돌아왔고, 산소 포화도도 나아졌다. 그러더니 산소를 공급하는 비강 장치가 불편한지, 손짓으로 그걸 떼어 내려고 했다. 불러도 대답을 안 하던 엄마가, 불편함을 안다는 것은 어느 정도의 인지가 돌아온 것으로 전체적인 상황으로 볼 때는 많이 좋아진 일이었다.

일요일, 성당에서 할 수 있는 기도는 단 한 가지였다.

"엄마가 편하게 해주세요."

신부님도 안부를 물으셨다. '좀 나아지셨어요. 위독

한 상태는 지나신 것 같아요'라고 답하자, '그러실 것 같더라고요' 하신다. 급하게 내려왔던 외사촌 동생 부부는 서울로 돌아갔다.

월요일 새벽, 남편은 도착해 샤워를 하고 깨끗한 옷으로 갈아 입고 요양원으로 갔다. 엄마는 의식이 명료한 것은 아니지만 부르는 소리에 눈도 깜박이고, 스푼으로 떠 넣어드리는 물과 유동식 등도 받아 마시며 연하 작용에는 문제가 없었다. 산소를 빼고 편안한 호흡을 하면서 산소 포화도는 90 이상을 유지했다. 이정도면 다치기 전의 상태로 돌아온 것이다. 비상 사태로 알고 온 남편은 안도의 숨을 쉬며, 그래도 생전에 얼굴 뵙고, 손도 잡아보고, 물도 떠먹여 드려 봤으니, 다행이라며 좋아했다.

매일 면회를 가도 싫은 내색 한번 안 하는 요양원도 고맙고, 혼자 울고 불고 하는 나를 잡아 준 절친도 너무 고맙다. 무슨 일 있으면 언제라도 다시 오겠다며 서울로 올라간 외사촌 부부도 고맙고, 무슨 일 있으면 바로 연락하라고 전화를 걸어 준 친구들도 고맙다. 특히 먼 길, 한달음에 달려와 준 남편이 도착하자 내 마음은 그렇게 든든할 수가 없었다. 이제 어떤 상황이 생겨도 괜찮고, 엄마가 잘 견디어 주시면 더 고맙고. 남편은 내가 건강해야 이 모든 일들을 잘 처리할 수 있다면서 맛있는 것들을 사왔다. 밤이면 와인도 한두 잔 마셨다. 그래야 잠을 잘 수 있고, 다음날을 편하게 지낼 수 있다며.

아들이 통화에서 "할머니는 강하네. 잘 이겨 내시고"라고 한다. 얼마나 더 우리들과 함께 계실지, 시간이 얼마나 남았는지 알지 못하지만 내 마음은 많이 편해졌고, 허둥거림에서 벗어났다. 또 똑같은 시간이 언젠가는 오겠지만 한 번의 응급상황을 만나 보았으니, 조금 더 편안하게 그 시간을 맞을 수 있을 것 같다.

남편이 한국으로 오고 있던 그 시간에 브런치의 〈보글보글〉에 '"No" 할 수 있는 용기'에 대한 글을 올리며, 나의 마음을 다잡았었다. 브런치 친구들의 따뜻한 마음과 기도 덕택에 엄마와 함께할 수 있는 시간을 좀 더 허락해 주신 그분. 그분께 감사에 감사를 드리며 오늘도 요양원 언덕을 향해 걸음을 옮긴다.

남편은 미국으로 돌아가는 비행기를 탔다. 다시 와야 할 일이 생기면 언제라도 온다는 약속을 했다. 예정돼

있지 않았던 위급상황으로 인한 방문이라 2주 만에 돌아
갔지만, 다시 또 온다는 약속을 해준 남편이 고맙다. 나
에게 마음을 단단히 먹고, 허둥거리지 말라며 어깨를 다
독거려준 푸근함도 감사하다. 언제라도 다시 온다는 남편
과 절친과 외사촌이 있으니, 이제는 내 마음만 단단히 잡
고 시간을 기다리는 일만 남았다. 그 시간이 언제든, 이번
에 덤으로 주신 엄마와 나의 시간에 감사하고 또 감사하
며, 이젠 그만 운다고 다짐해 본다. 잘될 수 있을지 모르지
만 다시 여기에 앉아 바라 본 수평선에 흰구름이 낮게 내
려 앉아 있다.

엄마의 빈자리

아직 괜찮은 건지 알 수 없다. 그냥 힘들었고, 먹먹했고, 무슨 말들을 했는지 기억이 잘 나지 않는다. 준비되었다고 생각했던 시간들. 그냥 그렇게 그곳에 있었을 뿐이었다. 처음이자 마지막일 경험들. 최선이라고 생각은 하면서도 봇물 터지듯 한 아픔의 응어리들. 울지 않겠다고 다짐했지만 잘 되지 않았다.

아들과 며느리는 지난 월요일, 남편은 어제 미국 집으로 돌아 갔다. 바닷가의 작은 아파트에 혼자 남았다. 엊저녁엔 칠흑 같은 어둠을 바라보고 서서 하염없이 눈물을 흘렸다. 그때도 지금도 혼자인 곳. 아직 한 달 반을 여기서 더 지내려고 한다. 한국 국적 회복에 필요한 시점이 거의 다 왔다. 국적 회복의 목적이었던 엄마를 가까운 곳에서 한번이라도 더 보고 싶다는 이유는 사라졌다. 엄마는 거실의 한 곳에서 영정사진이 되어 날 바라보실 뿐이다.

'아직 한 5년은 더 왔다 갔다 할 수 있을 것 같다'는 나의 입 초사에 반기를 들며, 엄마는 돌아올 수 없는 먼 길을 가셨다. 정확히 2월 25일, 외사촌 언니와 함께 엄마 면회를 다녀온 다음 날, 요양원 원장님의 전화를 받았다. 응급실로 모시고 간다는. 왼쪽 대퇴부의 골절이 생긴 것 같다는. 당황스러웠지만 누구에게나 일어날 수 있는 사고라고 생각했다. 나는 여러 상황을 판단해서 수술을 거부한 채, 'NO라고 말 할 수 있는 용기'로 마음을 다 잡으며 다시 요양원으로 모시고 왔다. 그 다음주, 엄마는 위독한 상태가 되셨고 남편은 급하게 한국에 왔었지만 엄마는 며칠 후 안정되어 남편은 2주 후 미국으로 다시 돌아갔다.

이후, 난 마음의 준비를 했다. 언제 어떻게 이런 응급 전화가 걸려 올지 알 수 없는 상황에서 이게 최선이라는 자기 최면을 단단히 걸고… 매일 마음을 다잡고… 괜찮다고 하며 마음속으로 되뇌이고 또 뇌이며.

4월의 마지막 주, 요양원 원장님의 전화를 받았다. 갈아 입을 옷을 챙겨 요양원으로 올라갔다. 남편에게 전화를 걸어 상황의 심각성을 알렸고, 남편은 비행기 표만 준비되면 바로 온다고 했다.

그리고 4월 28일. 급격히 나빠져 가는 상황이 되었다. 허둥대지 않으려고 아무리 애써도 말도 안 되고, 몸도 마음대로 안 되는 당황스러움. 운전을 하는데 눈물 콧물로 시야 확보가 되지 않았다. 호흡도 잘 되지 않았다. 어쩌다 깊은 숨을 몰아 쉬면 명치 끝이 아팠다. 걸음은 후들거렸고 손도 떨렸다. 옆에서 친구가 잡아 주지 않았더라면 어떻게 할 뻔했을까? 엄마 옆에서는 의연한 척하며, 편안해지시라고, 일생동안 딸 하나만 바라보고 사시느라 고생하셨다고, 아버지를 만나면 왜 그리 일찍 가셨냐고 물어보라며, 아들과 며느리가 와 있어서 다행이라고, 사위도 곧 온다고, 사랑한다고, 속삭이듯 말하기도 하고 큰 소리로 말하기도 했다. 감정의 기복에 따라 같이 요동치는 내 목소리의 톤과 울음을 참느라 헉헉 하는 것을 아는지 모르는지, 엄마의 숨소리는 더욱 힘들어져 갔다. 그러다 또 어떤 시간엔 좀 편해 보이기도 했다.

그날 오후, 집에 가서 좀 쉬었다가 오라는 간호과장님의 말을 듣고 언덕을 내려왔다. 다시 안정되었다는 전화를 받았다. 집에 있었지만 거의 뜬눈으로 밤을 새웠다. 다음날 아침, 커피 한잔을 마시고 요양원으로 다시 갔다. 친구도 그곳으로 와 침대를 같이 지켰다. 종일 엄마는 편안해 보였다. 다행이었다. 저녁때가 되었고, 집으로 내려와 잠시 쉬고 있었던 한밤중. 전화가 울렸다. '빨리 오세요.' 시동을 걸며 손은 다시 떨렸다.

도착한 요양원. 4월 30일 밤 3시 8분. 한 여인의 일생이 그렇게 떠나갔다. 마지막 숨은 힘들고 거칠었다. 마지막 숨소리가 그렇게 힘들었던 이유는 두고 가는 딸에 대한 걱정 때문이 아니었을까? 그래도 엄마의 작은 손과 뺨은 따뜻했다. 힘든 시간이 지나고 편안해지는 모습에 내 마음도 편해졌다. 장의사가 오고, 시내의 종합 병원 응급실에 따로 마련된 곳에서 엄마의 마지막을 점검해 주는 의사의 서명이 든 종이 몇 장을 챙겨 들었다. 이렇게 몇 장의 종이로 남겨진 엄마의 일생을 가방에 넣고 집으로 돌아왔다.

새벽 공기는 서늘했고 발걸음은 무거웠다. 가슴은

서걱거렸고 구멍이 뻥 뚫린 느낌. 텅 빈 거리에서 액셀을 밟으며 이렇게 왔다가 가는 것이 인생인가 싶었다. 아파트 지하 주차장에 차를 세우고도 한참 그렇게 앉아 있었다. '이게 정말인 거지?'라는 한마디가 머리 속을 맴돌았다. 얼마를 앉아 있었을까, 한기를 느꼈다. 시동을 끄고 아파트 안으로 들어와, 친구에게 카톡을 했다. '돌아가셨음' 딱 한마디. 부연설명이 필요 없는 한마디의 상황. 엄마와의 마지막 시간은 준비되었다고 생각했다. 그러나 막상 그 시간 앞에 서니 무척 힘들었고, 무서웠고, 아팠다. 침착하게 어른인 척했지만 가슴은 뛰었고, 생각은 정리되지 않은 채 흔들렸다. 언젠가 한번은 만나야 할 일. 내 생애 가장 두려운 날이고 힘든 시간, 오늘이 그날이고 그 일이다. 원하지 않아도 한번은 만날 일이다.

엄마가 돌아가셨다.

엄마는 처음 왔던 자리로 돌아갔다.

남겨진 것들은 오롯이 우리들의 몫이다. 고아가 되었다. 혼자다. 한밤중이다. 운전대를 잡은 손이 심하게 떨린다. 턱은 오한이 든 것처럼 턱턱 부딪친다. 돌아온 작은 아파트. 불을 켜지 않은 채 방바닥에 털썩 주저 앉는다.

장판 위로 올라오는 차가운 기운. 전기 장판의 눈금을 올리며 이불을 머리 끝까지 쓰고 눕는다. 해야 할 일이 있을 텐데, 생각이 안 난다. 뭐지? 머리 속이 하얗다. 그치지 않는 눈물만 흐르고 또 흐른다. 애써 닦지 않고 그냥 둔다.

얼마나 그러고 있었을까. 몇몇 알려야 할 곳에도 문자 메시지를 보냈다. 바닥 장판에 온도를 올리고 누웠지만 가슴은 더 시리고, 메시지를 보내는 손은 더 떨렸다. 그렇게 아침은 왔고 바다 수평선 위로 동이 텄다. 누워서 바라보는 하늘은 분홍색으로 물들고 아침을 찾아 떠나는 배들은 긴 물길을 내며 떠났다. 윤슬이 반짝거렸고 나는 홀로 바다를 바라보고 서 있다.

호상好喪이라고 하네요

엄마가 위독했던 3월초, 남편이 서둘러 한국으로 나왔다. 남편의 도착 시간을 알기라도 하듯, 그 시간부터 엄마의 상태는 좋아졌다. 자주 면회를 갔고, 남편은 "장모님, 너무 걱정 마세요. 저희들은 잘 지내요. 민석이 에미도 씩씩하게 잘 지낼 거고요. 민석이도 잘 지내요. 손주 며느리도 한국말도 잘하고, 똑 부러지는 성격이 나무랄 데가 없어요." 그렇게 말했던 것 같다. 남편은 언제까지고 있을 수는 없어, 2주 후, 언제라도 다시 올 테니, 마음 단단히 먹고 있으라며 돌아갔다. 한번 당황했던 때문인지, 남편이 돌아간 후에는 모든 상황에서 조금 무디어지려고 애썼다.

언젠가 한번은 올 일이라는 생각을 매일 하며 잠들었다.

집으로 돌아 간 남편은 아들, 며느리에게 지금이 아니면 외할머니를 뵐 수 없을 거라고, 한번 다녀오는 게 좋지 않겠냐고 넌지시 말을 건넸고, 아들과 며느리는 좋다고 하였다. 둘이 도착했던, 4월 중순. 이왕 한국에 올 계획이니, 여기서 해 줄 수 있는 것들을 좀 해주고 싶었다. 나의 발걸음은 분주해졌다. 웨딩 스냅 잘 찍는 곳을 고르고, 가족들과 만나서 식사할 곳을 정하고, 가족 단톡 방에 올렸다. 며느리에게 맞추어 주고 싶은 한복도 골라 보고, 한의원 예약도 해 두었다. 신혼 여행을 대신할 그럴 듯한 곳에서 며칠 묵게 해 주고도 싶었다. 강릉의 맛집 순례도 생각해 두었다.

아들, 며느리가 있기로 한 기간은 3주 정도. 잡아 놓은 스케줄 사이 사이마다 엄마 면회를 갔다. 엄마는 이미 말을 잃은 지 몇 달 되었고, 외손주 내외의 몇 마디 인사말에도 손을 잡아도 거의 반응이 없었다. 그래도 둘은 침상가에 서서 "사랑해요. 할머니. 또 올게요, 할머니" 했고 그 말 한마디가 내게는 커다란 위로가 되었다. 엄마가 알아보지 못하는 외손자, 처음 보는 손주며느리. 둘은 열심히 자신들이 만난 스토리, 스몰 웨딩 이야기, 한국에 신혼여행처럼 왔지만 할머니를 만나는 것이 제일 큰일이었다는 말을 전했다. 어떤 자극에도 미동도 없는 엄마. 할머니의 작은 손을 잡고 이야기를 풀어 가는 외손주와 손주며느리. 그 사이에서 무너져 가던 내 마음엔 작은 등불 하나가 켜졌다. 아들, 며느리가 옛날 이야기처럼 풀어내는 걸 엄마가 이해하고 고개라도 끄덕일 수 있으면 좋았겠지만 그건 나의 욕심일 뿐. 엄마의 마지막 가시는 길에 이렇게라도 만날 수 있음이 참 다행이다. 엄마가 내 인생의 등불이었던 것처럼 나도 아들, 며느리에게 밝은 빛 밝히는 어른이 될 수 있다면 좋겠다. 아이들이 할머니한테 하는 '사랑해요' 하는 한마디는 나에게 하는 말처럼 들려 가슴이 따뜻해졌다. 작은 요양원 침상가로 가득히 퍼지던 가족의 사랑. 그 따스함과 꽉 찬 느낌은 내 짧은 글로는 다 표현이 안된다.

칭찬은 고래도 춤추게 한다던가, 잘하고 있다는 내 말에 아들과 며느리는 피곤한 기색 없이 잘 따라 주었다. 면회도 몇 번 갔다. 강릉에서의 열흘은 순식간에 지났다. 그리고 아들과 며느리는 며칠 국내 여행을 보냈다. 말 그대로 휴가였던, 부산행. 아이들이 떠나자 엄마는 상태가 악화됐다. 요양원 침상가를 떠나지 않고 지킨 후 사흘째. 잠시 집에 내려와 눈을 부칠까 했는데, 전화가 왔다. 서둘러 도착했고, 엄마는 편하게 눈을 감으셨다. 마지막 사흘, 평안한 것 같다가 힘든 숨을 몰아 쉬고, 진땀을 비 오듯 흘리며, 쉽지 않았던 마지막 가시는 길이었다. 남편에게 서둘러 오라는 전화를 걸었다.

아침까지 시간을 기다렸다가, 아들, 며느리에게 전화를 했다. 늦잠을 자는 아들과 며느리는 둘 다 전화를 받지 않았다. 내 마음은 다급해졌고 호텔 프론트에 전화를 걸어 전후 사정을 이야기하고 방으로 전화를 연결했다. 아들이 잠결에 전화를 받았다.

"할머니 새벽에 돌아가셨다."

"지금 바로 갈게요"라며 아들이 답했다.

"아니야, 오늘은 안 와도 돼. 아빠가 오는 데 시간이 좀 걸리니, 이틀 후에 오면 돼."

전화를 끊고, 휴가 중이었는데 내일 알릴 걸 그랬나 싶었지만 아이들이 바로 와 준다는 말은 너무 든든했다. 알건 알아야 가족이지. 한국에 온 이유가 할머니 뵙는 건데.

아들, 며느리가 다시 강릉에 왔고, 남편이 도착했다. 장례 예식을 시작하며 카톡을 여러 개 받았다.

그 중 하나,

"자매님, 장례 미사가 언제입니까?"

"5월 4일 1시 반이에요. 입관은 1시부터 한다고 해서요. 입관 후 바로 이어서 하려고요."

"제가 그 시간에 맞추어 가겠습니다."

미국, 우리가 다니고 있는 본당의 주임 신부님의 메시지였다. 신부님은 마침 한국에 나와 있었다. 마산교구 소속인 본당 신부님의 본가는 진주였다. 가깝지 않은 거리였지만, 신부님의 마음이 너무 고마워서 "감사합니다"라고 답을 보냈다.

또 마침 미국에서 친한 부부 2팀이 한국에 나와 있었는데, 그분들도 와 주었다. 엄마가 다니시던 강릉 옥천동 성당의 신부님과 우리가 다니는 본당의 신부님 두 분이 함께 집전해 주셨던 장례미사.

많은 사람들이 많은 이야기를 했다.

누구는 "엄마가 복이 많으시네. 신부님이 2분이나 오시고."

또 누구는 "엄마가 어떻게 알고 시간을 이리 잘 잡으셨을까? 좀 정신이 있으셨을 때, 사위 만났고, 눈에 넣어도 안 아플 외손자에 손주며느리까지 보시고 가셨네…"

"이렇게 딸이 느긋하게 와 있는 동안, 이 좋은 꽃피는 봄에… 백수는 못하셨지만 충분히 편하게 사셨고, 평생 누구에게나 당당했던, 작지만 강한 여인으로 사셨으니… 호상이야 호상. 그야말로 호상이지. 복받은 양반이야…"라고.

친구의 말이 기억난다.

"세상에 호상은 없어. 그냥 그런 죽음이 있을 뿐이야. 그러나 누구나 한번은 겪어야 하는 일이지, 자식 된 도리를 다했다는 생각이 들면 그것으로 된 것 아닌가?"

아무리 효도를 다했다고 해도 돌아가시고 나면 후회가 더 큰 게 자식이라는 자리 아닐까? 그냥 가슴이 아리고, 그냥 눈물이 나고, 그냥 힘든 시간.

그래도 엄마는 우리가 모여 있는 시간을 어찌 아시고 그 시간에 눈을 감으셨을까? 각본을 짜도 이렇게 시간을 잘 맞출 수 있을까 싶다. 평생 딸 하나만을 위해 사셨던 엄마는 가시는 마지막 길 앞에서도, 딸이 가장 편안할 시간을 고르셨다. 아들, 며느리가 곁에 있어서 든든하다는 것을 아셨고, 남편이 올 수 있는 시간을 아셨고, 신부님 두 분이 오실 수 있음을 아셨다.

먼 길 마다 않고 달려와 손을 잡아 준 친구들과 한국의 장례문화를 전혀 몰랐던 아들, 며느리에게 이렇게 가족이 돼 가는 것을 알려주신 엄마. 그 큰 뜻을 어찌 다 헤아릴 수 있을까? 길을 가다가 붉은 장미가 흐드러지게 피어 있는 낮은 담장을 만났다. 장미꽃 향기 속에서 내 가슴으로 파고드는 아린 마음. 꽃잎이 붉은 눈물을 떨굴 즈음이면 이 아릿함도 조금은 바람에 날아 갈까?

개장改葬을 하며

엄마의 임종 후 남편이 도착하는 데까지는 시간이 좀 걸렸다. 주말이기도 했고, 급하게 비행기 표를 구하기가 쉽지 않았다. 최대한 빨리 올 수 있는 날짜는 5월 4일 새벽 도착이었다. 미국 콜로라도 집에서 출발은 월요일이었지만 한국과 시간 차이가 있었고 그곳에서 인천까지 직항편은 없었다. 늘 그랬던 것처럼 서부 연안의 어느 대도시에서 환승을 해야 하고, 인천 공항에 도착한 후에도 강릉까지 와야 하는 거리와 시간. 참으로 먼 길이었다.

성당의 연령회와 장의사와 상의를 하고, 일단 장례 예식을 좀 뒤로 미루기로 결정하였다. 엄마를 영안실에 모서 놓고 집으로 온 첫날. 아무것도 할 수 없고, 아무것도 하지 않은 채 시간을 기다린다는 것이 그렇게 힘들 수가 없었다. 그냥 연도책을 펼쳐 놓고 계속 기도만을 이어갔다. 창밖으로 어둠이 내리자 마음은 떨렸고 누군가 옆에 있었으면 싶었다. 그 마음을 아는지, 절친은 전화를 걸어왔다. 내 물기 어린 대답에, '지금 갈게' 하고는 끊었다.

친구가 왔다. 마음 속 떨림이 조금 덜어진 것 같았다. 장례 절차 이야기를 나누고, 엄마는 좋은 데 가셨을 거라는 말로 스스로 위로를 하며 잠자리에 들었다. 얼마를 뒤척였을까. 아버지 생각이 났다. 이 기회에 엄마와 아버지를 같이 모시면 좋을 것 같다는 생각. 아버지는 선산에 모셨고 벌써 60여년의 세월이 흘렀다. 봉분, 그 안에는 거의 흙으로 돌아가 계실지도 몰랐다.

다음 날 아침, 장의사에게 전화를 걸어, 엄마의 장례 기간 동안 아버지의 묘도 개장을 하고 싶다고, 문의했다. 정확한 장소만 알면 가능하단다. 개장을 할 경우 가장 좋은 시기가 배우자의 장례 기간이라는 이야기도 덤으로 해주었다. 밤을 같이 지내 준 절친도 내 통화를 들으며, 고개를 끄덕여 주었다. 무언의 긍정.

　　마침 사촌 동생이 장례 첫날부터 온다고 했으니, 그를 앞세워 선산에 가서 아버지 묘를 개장하기로 했다. 무남독녀 외동딸. 아들이 없는데, 엄마를 선산의 아버지 옆에 모신다고 해도 앞으로 누가 돌봐 드릴 것이며, 미국에 사는 우리 아들이 외조부모의 산소를 돌보러 나올 상황도 아니다. 사촌들도 모두 본인들의 생활에 바쁜데, 한식에 벌초하고, 추석 때 성묘를 얼마나 더 계속 할 수 있을까. 생각이 여기에 이르자, 실행을 해야 했다.

　　남편의 도착에 맞추어 장례 절차가 시작되었다. 초례를 지내고 성당의 연령회에서 제대를 꾸미고 연도를 시작하였다.

　　사촌과 작은어머니도 도착하셨다. 아버지 묘의 개장에 대해 간곡하게 나의 의견을 말씀드렸다. 답은 딱 한 마디. 절대 안 된단다. 다른 곳에 있는 묘도 아니고, 선산에 있는데, 파묘라니? 설득이 필요했다. 엄마를 화장하고, 아버지 묘를 개장해 수습하고 미국에서 납골당에 모셔 두고, 내가 보고 싶을 때, 울고 싶을 때, 만나고 싶을 때 찾아 가 보고 싶다고. 한국의 납골당은 한번 계약을 하면 15년 마다 3번 연장이 가능하다지만 그렇다면 45년 후면 어차피 사라질 공간이다. 앞으로 45년 후까지 내가 살아 있어 납골당을 와 볼 수 있는 가능성은 제로이다. 그에 반해 미국의 납골당은 영구 보존도 가능하다. 외손자와 그 후손들이 혹시 살펴 볼 가능성이 더 많다. 가능성이 더 많은 쪽에 무게를 두고 실행하고 싶다. 엄마는 선산에 가고 싶어하지 않았고 화장을 원했다. 평생 떨어져 사셨는데 돌아가신 후에라도 함께 계셔야 하지 않겠느냐? 나도 두 분 가까운 곳에 두고 싶다, 라며. 아무리 반대를 해도 내가 실행할 것을 안 작은어머니가 반 승낙을 하셨다. 선산은 동해시 무릉계곡 입구에 있다. 그곳까지 사촌이 동행했고 장의사는 아버지의 묘를 개장해서 작은 뼈 조각들을 수습했다. 한지에 싸서 가장 가벼운 유골함에 넣었다. 아버지와 엄마. 두 분의 유골함을 받아 들고 이제는 두 분이 영원히 함께 하실 것을 안다. 내 손으로 준비한 것이니까.

오월, 가정의 달. 어린이날, 어버이날, 스승의 날, 부부의 날이 이어지며 가정을 다시 한번 생각하게 하는 오월 한 달. 처음으로 두 분이 함께하는 어버이날이고, 딸이 장성한 뒤 함께하는 부부의 날이다. 서로 따뜻한 손을 잡고 천상에서 만나 오랜 회포를 푸시며 지난 이야기 두런

두런 나누고 계실 것 같다. 딸 하나 잘 둬서 미국까지 오
지 않았냐고 하셨으면…

　내가 살고 있는 미국 콜로라도, 풍광이 수려한 록키
산맥 끝자락에 모셔 놓고 따듯한 숨결을 느끼며 남은 인
생을 보내고 싶다. 오월의 포근한 햇살로, 오랜 그리움의
향기는 농익으며, 따뜻하고 커다란 파장으로 우리 가정
안에서 함께해 주실 것이다. 마음 속엔 카네이션 다발이
가득 피어 있다.

　지난 해, 동해시 문인협회에서 야외 시화전을 한다
며 시 하나를 보내 달라고 했다. 그때 쓴 졸시 하나 올려
본다.

아버지

너우 큰 아픔이어서 부르지 못했습니다

너우 너른 그릇이어서 숨지 못했습니다

너우 깊은 마음이어서 가능할 수 없었습니다

계곡 울 소리 들으며

숲 향에 안겨

묵묵히 지내신 세월

흑백 사진 속 청춘의 기억으로만 남아

무거웠던 삶의 무게 이젠

후련히 내려 놓으셨으면

기다리시고 또 기다리셨던 두 분

천상에서 다시 만나 소주 잔 기울이며

서둘러 떠났던 길이,

두고 왔던 길이,

쉽지만은 않았다 이야기 나누실까요

그 먼 곳에서 내려다보실

저희들의 모습

이젠 산마루 어디쯤에 놓아 두소서.

낡은 베옷 한 벌 여며 입으시고

무릉계곡武陵溪谷 구름 아래 그곳에서

시비時碑 낙조落照가 되어

오가는 길 손 반기시며, 세월을 지키시는

아버지 최崔 인寅 희熙

조심스럽게 이름을 불러 봅니다.

혼자라는 그 일

누구든 큰 일을 겪으면 드는 생각이겠지만, 난 누구보다도 더 힘들었다면 엄살일까… 엄마의 마지막 시간들이 가까워 오자 준비되어 있다던 나의 마음은 수시로 변했다. 이렇게 하는 것이 최선일까 하는 의구심은 끝없이 이어졌다. 평안한 척, 힘들지 않은 척했지만 마음은 들쑥날쑥. 노심초사. 어디 물어볼 수도 없었다. 외동이라 늘 혼자였던 나의 자리가 새삼스럽게 느껴졌고 옆에 아무도 없다는 것이 그렇게 아픈 일인 줄 몰랐다. 친구도 있었고 외사촌 동생도 있었고 남편과 통화도 매일 했지만 최종 결정은 오롯이 나의 몫이었다. 오랜 시간 수도 없는 죽음을 지켜 보았던 중환자실에서 일했고, 누구보다도 더 죽음을 편하게 이야기했지만 막상 내 엄마의 일이 되고 보니 마음은 갈등, 그 자체였다.

　　남편은 시간마다 전화를 걸어 여러가지를 챙겼고, 혼자 있는 걸 아는 절친도 수시로 전화를 걸어왔다. 막상 엄마의 마지막 시간이 다가오자 누구에게 전화조차 걸지 못한 채 혼자 엄마의 임종을 지켰다. 많은 이야기를 나누었고, 충분한 예행연습이 되어 있었다고 믿었다. 그러나 죽음 앞의 예행연습이란 가당치 않은 일이었다. 나의 가면 속에 숨어있던 아픔들. 무남독녀인 나의 지난 일들은 후회와 죄책감으로 태산이 되어 밀려오고, 어떤 말로도 용서가 될 수 없는 상황들이 모질면서도 생생하게 어제 일처럼 그려졌다.

　　아무리 애써도 잊힐 수 없는 질풍노도의 사춘기. 치열하게 살아야 했던 미국 생활. 그렇게 원하셨는데도 옆에서 살지 못했던 지난 40년. 엄마의 평생에 한번도 살가운 딸이지 못했고, 한번도 고분고분하지 않았던 나. 엄마는 29세에 혼자되고, 재혼은 꿈에도 생각하지 않았고 '너만 잘되면 나는 더 이상 바랄 것이 없어'라며 평생 딸 하나만을 바라보고 살았는데… 난 그것의 십분의 일 아니 백분의 일도 못한 채 그렇게 엄마를 보내 드렸다. 미국에 산다는 일은 현실이었지만 알맞은 핑계거리였다. 전화 한 통화로, 생활비 몇 푼 보내 드리는 것으로 절대 해결될 일이 아니었다. 늘 마음은 걱정이었고, 아팠고, 가슴은 아리고 또 아리었다. 늦게 철이 들며 엄마는 혼자 모든 것을 처리하고 해결했다는 것을 알았다. 살다 보면 만나게 되는 크고 작은 일들 가운데 오롯이 혼자 결정하고, 혼자 실행하는 것처럼 힘든 일이 또 있을까. 대부분의 우리는 가족과 상의하고, 친구에게 물어보고, 컴퓨터에 홍수처럼 가득한 정보들을 찾아본 후에야 결정한다. 엄마는 하나 밖에 없는 딸은 미국에 있고, 친구들도 거의 거동이 불편하시고, 컴퓨터는 아예 갖고 있지도 않았다.

난 툭하면 남편에게 '당신 아들이 이랬는데, 당신 아들은 왜 그래? 이 일을 할까 말까? 이 사업을 해야 하나? 공부는 이쯤에서 끝낼까? 이게 잘하는 일일까?' 등등 작은 일도 시시콜콜 물었고 그의 대답은 늘 옳았다. 내가 하는 모든 일에 내 편이 되어 도와주고 믿어 주는 사람. 커다란 울타리. 그 든든함을 엄마는 일생 동안 한번도 가진 적이 없다. 모든 일은 혼자 결정하고 헤쳐 나가야 했다. 누구와 상의하고 누구의 의견을 듣고 평생의 대소사를 결정했는지 문득 의문이 든다. 외삼촌도 이모도 미국에 있었다. 친한 친구분들이 있었다고 해도 다들 자신들의 가정이 있었던 분들이다. 말 그대로 군중 속의 고독이었던 엄마의 자리. 홀로 외롭게 모든 것에 책임을 졌던 가장. 뒤돌아보니 엄마의 홀로서기가 얼마나 힘들었을까 싶다.

변변한 울타리 하나 없이 비바람 몰아치는 삶의 현장에서 평생 자신의 자리를 지켰던 분. 엄마는 그 시대의 유일한 여성 교장이었고, 이름과 자리에 맞게 늘 당당하고 꼿꼿했다. 그 아우라를 바라보며 난 힘들어 했고, 엄마의 그림자가 부담스러워 먼 곳으로 도망갔던 것은 아닐까?

그렇다고 하더라도 한번쯤은 엄마 옆에서 살며, 엄마의 넋두리도 들어 주는 살가운 딸은 왜 되지 못했을까?

4년 전, 엄마를 처음 요양원에 모셨을 때, 엄마 친구가 면회를 오셨었다.

"자네 혹시, 한국에 당분간 나오면 안되겠나? 엄마가 계시면 얼마나 더 계시겠다고… 자네가 나와서 집에서 모시면서 좀 살아보면 좋을 텐데…"

나는 "제가 아직 일을 하고 있고 남편이랑 아이 다 놔두고 여길 와서 살기 어려워요"라고 매몰차게 거절을 했다. 엄마의 친구를 모시고 왔던 그분의 딸이 미안한 표정으로 대화에 끼어 들었다.

"엄마, 이 언니는 미국이 집이야. 어떻게 살림을 다 놓고 나와? 아직 일도 하는데…"

엄마의 친구는 못내 아쉬워하며 발걸음을 돌렸다.

"엄마는 평생 자네 하나만을 위해 사셨는데, 이제는 자네도 엄마를 위한 시간을 내줄 수도 있으면 좋을 텐데…"

그 한마디는 내 가슴에 대못이 되어 꽂혔고, 죽을 때까지 빼지 못하고 아파하며 살 것 같다.

그후 8번째의 한국행이 이어졌지만 엄마는 요양원에서는 한번도 나올 수 없었다. 코로나라는 복병이 아니었더라도 혼자 모시고 나오는 것은 힘에 부쳤다. 너무나 얄팍한 핑계이지만 이렇게라도 변명을 안 할 수가 없다.

얼마나 시간이 남았을까, 생각하던 때. 면회를 가면 애써 상냥하게 말하고, 억지로 웃음을 웃고, 모션을 크게 써가며 엄마의 시선을 끌어 보려고 했다. 처음 요양원에 들어 갔을 무렵 알게 된 엄마의 몸 상태. 엄마는 거의 진통제에 의존해 살았다. 양 무릎의 퇴행성 관절염으로 거동이 불편했고 혼자 서고 걷는 일조차 도움이 필요했다. 도움 없이는 침상에서 내려오는 것조차 힘들었다. 집으로 오는 도우미가 있었지만 일주일에 3번, 3시간의 도움으로는 해결이 될 문제가 아니었다. 통증 때문에 불면의 날들은 많아졌고 진통제와 수면제를 함께 복용해야 서너 시간 잠을 잘 수 있었다. 약물에 의존한 통증과 불면의 시간들. 그러나 무심한 딸은 그런 상황을 거의 인지하지 못했다. 전화를 해서 '별일 없지?' 하고 물으면 엄마의 대답은 녹음기처럼 '그럼 다 괜찮아'가 첫 소절이었고, '근데 이렇게 약을 많이 먹어도 되니?' 묻는 것이 후렴구였다. 간호사였던 나는 아는 척하면서 '그럼, 아픈 거 참는 것 보다는 약 드시고 통증이 없는 편이 훨씬 낫지'라고 대답했다. 그렇게 약물에 의존한 지 20년이 넘고 있었으니 아무리 총기가 좋았다고 해도 치매 증상이 안 올 수가 없었을 것이다.

요양원에 들어가며 물리치료도 주기적으로 하고 식사도 일정하게 하자 엄마의 진통제 의존도는 많이 나아졌다. 수면제는 거의 끊을 수 있었다. 혼자 있는 것보다 여럿

이 모여 사니 식사도 더 잘하시고 놀이 같은 것도 즐기고. 잘하면 엄마를 한번쯤 모시고 나올 수도 있고 퇴원도 가능해 보였다.

인생이 늘 그러하듯 복병은 엉뚱한 곳에 있다. 코로나19. 거의 일 년간 면회를 못했다. 함께 모여서 하는 게임이나 놀이 같은 것이 금지되었고 물리치료의 횟수도 줄어들었다. 사회적 자극이 감소하자 동시에 엄마의 치매는 급속도로 진행되었다. 유리문을 사이에 두고 했던 면회도 있었지만 그것으로는 충분하지 않았던 모양이다. 지난 2달, 엄마는 완전히 말을 잃었다. 그래도 난 혼자 침상가에서 모노 드라마를 연출했다. 반응도 없고 눈도 마주치지 못했지만 쉬지 않고 주절거렸다. 따뜻한 말 해드리고, 사랑한다는 말을 수도 없이 했다. 평생에 하지 못했던 말을 쏟아 내듯이 이어갔다. 옛날에 했던 나의 못된 행동을 용서하라는 말부터, 평생 너무 고생하고 애쓰셨다는 감사의 말과 아직도 피부가 이렇게 고아 우쩐디요? 하는 싱거운 말까지. 손을 잡고 비비고 주무르며 했던 말들. 엄마는 기억을 못하겠지만 난 하고 싶은 말을 했으니 가슴이 좀 후련했다.

멀리 사는 불효가 가장 컸다며, 용서를 구하며 지냈던 시간들. 작은 일 하나도 남편에게 시시콜콜 이야기를 하며 사는 나의 모습에 비해, 어디 상의할 데 하나 없었던 엄마의 힘든 외로움. 엄동설한의 혹한으로 불어 들었을, 감당하기 힘들었을, 모진 외로움을 홀로 감내한 내 엄마. 그 차가워진 손을 잡아 내 가슴에 넣고 녹여 드리고 싶다. 너무 늦은 후회인 줄 알지만 이렇게라도 눈물 흘리지 않는다면 오늘 밤도 잠들 수 없을 것 같아서…

돌아온 곳

집으로 돌아왔다. 고아가 되어서…

60 중반을 넘고 있는 나이에 고아가 되었다는 것은 어쩌면 감사할 일인지도 모른다. 그러나 이렇게 허전할 수가 없다. 엄마와 함께 살았던 집도 아닌데, 텅 빈자리가 느껴지는 것은 왜일까?

주부가 집을 비운 7개월. 부엌의 서랍 하나도 가지런한 것이 없었다. 남편이 혼자 지냈던 티를 팍팍 내고 있는 미국 집은 어디서부터 손을 대야 할지 모를 정도로 엉망진창이었다. 강릉을 출발해 서른 시간이 지나고 있었지만 정신은 말똥말똥. 몸이 너무 피곤해도 잠이 안 온다는 말을 실감하며 짐도 풀기 전에 부엌 청소부터 시작했다. 구시렁거리는 나의 잔소리를 아랑곳하지 않고 '좀 쉬면서 해'라는 소리를 들으며 서랍부터 정리를 시작했다. Before 와 After를 찍었다. 나중에 요긴하게 써먹을 때가 있을 것 같다.

흐트러진 수저와 그릇들, 냄비들을 보면서 씩씩거리며 청소를 해 나갔다. 부엌 서랍을 정리 정돈하고 나니, 부엌 전체에 기름때가 손을 쓸 수 없게 찐득거렸다. 강한 솔과 비누로 가스렌지 위부터 닦았다. 솔을 3개쯤 쓰고 나자, 겨우 봐줄 만했다. 시차 때문에 잠도 안 왔고, 일이 눈에 보이는데, 두고 쉴 수도 없었다.

성질대로 일을 한다고, 천천히 하라는 말은 귀에 들어오지 않았다. 청소와 동시에 빨래를 돌렸다. 겨울에 집을 떠났으니, 겨울 이부자리가 그냥 덮여 있는 침대는 등을 댈 수도 없이 더웠다. 제발 바닥이라도 좀 닦으라는 나의 성화에 남편은 마루 걸레질을 시작했다. 더운물에 물비누를 풀어서 닦으라고 시켰다. 땀을 뻘뻘 흘리며 열심히 닦는다. 진작 좀 그렇게 해 두지, 그랬으면 잠은 좀 잘 수 있을 것 아니야? 하고 한마디 더 했다. 나는 이어서 부엌

장들의 겉면을 닦고, 가스렌지 위의 환풍기까지 닦았다. 정신없이 청소하고 나자 아침이 밝아왔다. 몸은 천근만근. 냉장고를 여니, 먹을 것은 하나도 없고 오래된 김치 냄새만 가득했다. '아, 다음은 냉장고구나' 싶었다. 대형 쓰레기 봉투를 열고, 음식물들을 하나씩 버렸다. 먹고 싶은 반찬을 사왔던 것은 좋지만, 만든 날짜를 확인할 수가 없으니 모두 쓰레기 봉지 행이다. 이어 냉장고 유리 선반의 얼룩들까지 뜨거운 비눗물로 닦고 나자, 부엌은 그런대로 봐줄만 했다. 그러는 동안 빨래는 5-6통쯤 끝났고 건조기도 쉴 새 없이 돌아갔다.

어느새 동이 텄다. 아침까지 한숨도 눈을 붙이지 못한 채 48시간이 지나고 있었다. 머리는 윙윙거리고 눈은 아프고 손도 마디마디가 붓고 아팠다. 아직 일은 반도 못했는데 몸이 안 따라 주는 것 같아, 있는 대로 짜증이 났다. 커피를 마시고 쌍화탕을 마시고 요구르트로 허기를 채우며 집안 구석구석을 쓸고 닦았다.

오후쯤 되었을까 남편은 통닭 한 마리를 사왔다. 좀 먹으면서 하라는 말과 함께. 한국처럼 새콤달콤한 무가 있으면 닭다리 한쪽이라도 뜯을 수 있을 것 같았지만, 미국엔 그런 무가 없으니, 퍽퍽한 닭고기가 넘어가지 않았다. 물만 계속 마시고…

통닭이 남자, 남편은 껍질을 벗기고 살만 발라 내게 건네 주며 닭죽이 먹고 싶단다. '아이고, 이 상황에 닭죽?'이라고 생각했지만, 군소리 않고 쌀을 불리고, 잘게 뜯어진 살을 삶아 닭 육수를 냈다. 물론 그 동안에도 난 쉼 없이 위층 아래층을 오르내리며 청소를 이어갔다.

남편은 닭죽을 기다리다 잠이 들었다. 닭죽이 완성된 새벽녘. 내 몸은 내 몸이 아닌 것 같은 피곤함이 한꺼번에 몰려오며 손가락 하나도 움직일 수가 없었다. 손마디에서부터 전신이 쑤시며 동시에 열도 올랐다. 겁이 덜컥 났다. 혹시 '코로나?' 급하게 홈키트를 찾아 검사해 봤더니 다행히 음성이었고, 쓰러지듯 침대에 누웠다. 얼마나 오래 잤던 건지, 깨어보니 밖은 어두웠고, 너무 오래 누워 있어 허리가 아팠다. 얼굴은 푸석하다 못해 허옇게 뜬 것 같고 손은 주먹이 쥐어지지 않게 부었다. 침을 삼키자 목도 따끔거렸고, 귀도 아팠다. 완전히 감기 몸살이구나. 감기 약을 먹고 또 자리에 누웠지만 몸의 상태는 나아지지 않았고 열은 더 올랐다. 응급실을 가야 하나 싶었지만 일어날 기운도 없었다. 집에 비상약으로 두고 있던 항생제를 겨우 찾아서 먹었다. 또 누워서 자고, 일어나서는 코로나 검사를 다시 해보고. 꼬박 닷새를 그렇게 앓았다.

사람들이 '기운이 하나도 없어' 했던 말의 뜻을 새삼 알게 되었다. 이런 상황이 진짜로 나에게도 오는구나 싶었다. 몸의 진이 다 빠져나간 듯한 느낌. 침대 아래로 끝없이 가라앉는 듯한 몸. 눈도 뜰 수 없는 무기력. 물 한모금도 못 넘기게 힘든 목. 항생제와 감기 몸살 약을 먹기 위해 뭐라도 먹어야 하겠지만, 어떤 음식을 먹어야 할지 전혀 생각이 안나는 정신줄을 놓은 상태.

즉석 밥을 끓여 달라고 해서 그걸 두어 스푼 먹고, 물을 마시고, 약을 먹고 또 자고… 날짜가 가는 것도 모르고 그렇게 누워 있었다.

겨우 몸 상태가 정상으로 돌아왔다. '나도 늙는구나' 하는 생각이 들었다. 어쩌면 엄마가 정을 떼기 위해 이렇게 심한 독감과 몸살을 동시에 앓게 했구나, 싶기도. 누구도 건강을 장담을 하면 안된다는 것을 새삼 알게 해 주었던 여독의 감기몸살. 인생이라는 톱니바퀴를 꼭 그렇게 맞추며 살아갈 필요가 있느냐고 내게 다그치는 것 같다.

엄마의 빈자리를 스스로 인정하기 싫어 혹독하게 몸을 부렸던 것은 아닌가 반성해 본다. 요즈음도 가끔 Before / After 사진을 전화기에서 찾아 남편을 보여준다. 이런 부엌에서도 식중독이 안 걸린 것은 하느님이 보우해서라는 둥, 당신 위장은 무쇠이거나 타이어 고무일 거라는 둥, 지저분의 한도 초과가 뭔지 알게 해 주는 것이며 동시에 나의 인내를 시험해 본 좋은 도구였다는 둥. 마음 좋은 남편은 그저 웃는다. 죄 지은 것이 있다는 뜻일까? 아니면 한국을 너무 길게 갔다 온 벌이야 라는 뜻일까?

"이젠 좀 천천히, 성질도 좀 죽이고, 나이 생각도 하고, 체력 생각도 좀 하면서…" 엄마의 걱정하는 소리가 옆에서 들리는 듯하다. 이제 더 이상 한국에 길게 있을 이유도 핑계도 사라졌는데 말이다.

다시 그곳에

지난 몇 년 동안 강릉에 나와 있을 땐 위촌리 언덕
길을 거의 매일 다녔다. 처음엔 택시로, 그 다음엔 친구
가 데려다 주었고, 가끔은 버스를 타고 가서 언덕길을 걸
어 올라가기도 했다. 그런 시간이 4년. 작년엔 절친이 차를
내게 빌려주었다. 보험까지 들어주며. 손사래를 치며 괜찮
다고 해도, 마음 속으론 얼마나 편해질까 싶어 너무 고마
웠다. 미국에서 이미 국제 면허를 받아온 터라 친구를 옆
에 태우고 시내 운전을 몇 번 해보니, 강릉 시내 운전은 할
만했다.

요양원에 가신 엄마는 코로나 시기를 지나며 점점

더 쇠약해지고 지난 해 2월에는 대퇴부 골절도 생겼다. 응급 상황이 생기자 차를 빌려준 친구가 너무나 고마웠다. 택시를 부르느라 시간을 허비하지 않아도 됐다. 엄마의 응급상황 이후 거의 매일 요양원이 있는 언덕을 올랐다. 내가 거주하는 곳은 바닷가 근처, 시내의 가장 동쪽이고 엄마가 계셨던 요양원은 시내의 서쪽 외곽.

엄마의 대퇴부 골절 수술을 거부하고 요양원으로 퇴원을 하며 '이게 잘 하는 일'인지 잠시 갈등을 했지만, 내 모진 결정이 최선이었다고 믿었다.

엄마는 요양원의 누울 수 있는 차를 타고, 나는 뒤에서 그 차를 따라갔다. 시내를 벗어나 언덕이 보이자 눈물이 쏟아졌다. 짙은 안개가 낀 것 같은 시야. 눈물과 콧물이 범벅이 되어 흘렀다. 얼마나 더 이 언덕을 오를 수 있을지. 생각은 거기에 머물렀다. 애써 마음을 진정시키고 심호흡을 하고 엄마가 침대에 눕는 것을 보고 요양원을 떠났다.

날은 이미 저물었고 언덕 아래로 보이는 작은 도시의 불빛은 그렇게 빛나고 있었다. 흔들리는 불빛들은 선명했다 흐렸다 하기를 반복하는 나의 시야. 가슴은 칼로 베이듯 아팠다. 마침 절친은 서울에 가 있어 누굴 불러 통곡을 할 수 있는 상황도 아니었다. 겨우 집에 도착했고, 아파트 현관에 들어서자 집안에는 한기가 가득한 것 같았다. 그 서늘함. 스웨터를 껴 입으며 실내 온도를 체크했다. 늘 맞추어 놓았던 대로 23도. 거실에 펴 놓았던 전기 장판을 올리고 이불을 끌어 어깨를 덮으며 목놓아 울었다. 얼마를 그렇게 훌쩍거리고 나서야 미국의 남편에게 전화를 걸 수 있었다. 상황 설명을 하고 가능하면 빠른 시간 내에 한국에 와야 할 것 같다는 이야기도 했다.

요양원에서는 엄마의 옆자리 침대를 비워 내가 방문을 했을 때는 편안하게 걸터앉아 쉬게 해 주었고, 식사 시간이면 직원 식당에서 원장님과 같이 식사를 했다. 그렇게 수시로 요양원을 방문했고 노심초사하며 일주일이 지났다. 엄마의 상태는 급격히 나빠졌고 남편도 강릉에 도착했다.

남편에게 당부의 말을 하고 싶었던 건지, 남편이 도착하자 엄마의 상태는 급 호전되는 것 같았다. 열도 떨어지고 기저귀를 갈기 위해 돌려 눕히거나 해도 얼굴 한번 찌푸리지 않았다. 왼쪽 발가락을 제외한 다리 전체에 캐스트를 하고 있었는데 '아야' 소리 한번 안 했다는 게 신기할 정도였다. 중증 치매는 고통조차 못 느낀다는 것을 처음 알았다. 내가 아는 상식과는 전혀 다른, 고통을 호소하지 않는 것이 다행스럽기도 했고 고맙기도 했다. 만약 엄마가 고통스러워했다면 수술을 받지 않겠다고 서명을 했던 나의 결정이 흔들렸을지도 모른다. 그렇게 2주가 지났고 엄마는 안정을 찾아 갔다. 물과 영양 단백질도 곧잘 받아 드셨다. 남편은 2주 후 돌아 갔다. 위기 상황이 다시 생기면 금방이라도 또 온다는 약속을 했다. 절친 부부가 옆에 있고 외사촌 부부가 서울에 있으니 안심하고 간다는 말도 잊지 않았다.

그후 2달 동안 거의 매일 그 언덕을 올라갔다. '오늘이 마지막으로 이 언덕을 오르는 날일까?'라는 생각을 수도 없이 하면서. A+ 요양원은 입원 대기자가 늘 있는 곳이다. 그럼에도 불구하고 엄마의 옆 침대를 비워 내가 쓸 수 있게 편의를 봐 주었다. 엄마 침대 옆에서 낮잠을 자기도 했고 밤을 새우기도 했다. 엄마와 못했던 이야기, 혼자 주저리주저리 풀어 놓으며 나의 마음 속에 쌓여 있던 미안함과 죄송함의 앙금을 조금씩 걷어냈다. 할 이야기가 없으면 엄마가 좋아했던 노래를 작은 목소리로 부르기도 했다. 엄마의 애창곡 나훈아의 '영영'을 속삭이듯 불렀다. '잊으라 했는데 잊어달라 했는데…' 엄마를 잊으라는 말 같기도 했던 유행가 한 구절의 의미가 새삼 크게 다가왔다. 작고 뼈만 앙상했던 엄마의 손. 그래도 따뜻했다. 잡고 있었고 조물조물 만지기도 했다. 나 스스로의 위안이었을 뿐이지만 지나고 보니 그 시간들이 참 감사했다.

그렇게 함께하지 않았다면 미국과 한국을 오갔던 4년의 시간이 큰 의미가 없었을 수도 있다. 사고도 내가 와 있는 동안에 났고, 내가 결정해서 수술을 하지 않았고, 엄마가 살아 계시는 동안 남편도 왔었고, 아들과 며느리도 왔었다. 외사촌 부부도 몇 번을 왔다 갔고 절친 부부도 늘 옆에 있었다.

4월의 마지막 날. 엄마는 편안하게 천상으로 돌아가셨다. 요양원 자신의 침대에서. 병원 응급실에서 사망진단서를 받고 영안실로 모시고 장례 절차를 시작하며 이제 그 언덕길을 오르지 않겠구나 생각이 들었다. 그 후 한 번도 그곳에 가지 않았고, 주위를 지나는 일조차 애써 피했다. 언제 터질지 모르는 내 감정의 봇물을 잘 가두어 두었다.

　2023년 7월 나는 다시 미국으로 돌아갔었고 며칠 전 다시 강릉에 왔다. 그리고 엊그제 그곳을 방문했다. 절친의 엄마가 계신 곳이기도 하기에. 명절 직전이라 요양원엔 방문객이 제법 많았다. 방문객들을 바라보며 작년 봄까지의 나의 아픔이 희미하게 올라왔다. 복도의 게시판에서 발견한 엄마의 이름. 색동저고리에 색칠을 한 것. 이름이 또렷하고 색칠도 선 안에만 정확히 칠해져 있었다. 이름을 보며 다시 울컥한다. 요양원 건물 곳곳에 남아 있는 엄마의 흔적. 엄마의 마지막 보금자리.

　엄마가 있던 침대는 모르는 어느 어르신의 이름이 붙어 있겠지만 내게는 4년의 아픔이 고스란히 모여 있는 곳. 그곳을 다시 한번 올려다보며 창가에서 엄마가 손을 흔들고 있는 듯한 환영을 뒤로 하고 언덕을 내려온다. 신호등에 서서 백미러로 보이는 건물엔 엄마의 그림자가 아직 따스한 온기로 남아 있다.

　언제 또 다시 이 언덕을 오를 수 있을지 알 수 없지만 가슴 속의 아픔이 좀 덜어졌을까 생각해본다. 조금씩 익숙해지고, 조금씩 타협하고, 조금씩 편해지는 시간. 요

양원이 있는 언덕에 두고 온다. 백미러에 내 시선이 머문
다, 요양원이 멀어질 때까지…

3부

엄마의 자리

엄마는 늘 그 자리에 계셨다. 세상 모든 곳에 천사를
보낼 수 없어 엄마를 만드셨다는 어느 성인의 말을
기억하며 엄마의 자리를 돌아본다. 누구의 엄마라도
그랬겠지만 울 엄마도, 당신의 희생과 사랑과 넓은
품으로 딸을 키우셨다. 엄마의 바람의 십분의 일도,
아니 백분의 일도 못한 딸이었음을 고백하며
엄마의 빈자리를 따라가 본다.

눈물 항아리

어머니 그리울 적마다

눈물을 모아둔

항아리가 있네

들키지 않으려고

고이고이 가슴에만 키워 온

둥글고 고운 항아리

— 이해인의 '눈물 항아리' 중에서 —

위령 성월慰靈 聖月을
보내며

　천주교에서는 해마다 11월을 위령 성월로 정해 돌아가신 분들을 위해 기도한다. 미사 전이나 후에 바치는 기도는 신자들에게 많은 위로가 된다. 가족 중 돌아가신 분이 없는 경우는 거의 없기에. 더구나 우리들처럼 먼 이국 땅에서 어른들의 제사 한번 제대로 올리지 못하는 경우에는 기도의 의미가 더할 수 있다.

　나의 경우도 그렇다. 내 기억 속에는 없는 아버지의 얼굴. 훗날 철이 들면서 사진을 보고야 알게 되었던 아버지. '구름 나라의 시인'이라는 표현으로 아버지의 부재를 확인했고, 해마다 엄마가 모시는 제사에서만 아버지의 이야기가 허락되었다. 눈물을 보이면 절대 안된다는 무슨 약속이 있었던 것도 아닌데, 우린 담담하게 옛날 이야기하는 것처럼 아버지에 대한 이야기들을 나누었다. 제사에는 작은아버지와 사촌 남동생이 늘 함께 했다.

엄마가 연로해지고, 난 결혼 후 미국 행을 택했기에 아버지의 제사를 못 모실 것을 알았다. 그래서 아버지의 기일에는 성당에서 연미사를 드리기로 했다. 오롯이 그날은 아버지를 기억하고 추억하며 기도를 하는 것으로 대신한다.

당시 아버지는 당신의 죽음을 전혀 예측하지 못하셨단다. 33세의 나이로 죽음을 준비하는 사람은 거의 없을 테니까. 먼 길 떠나는 날 아침까지도 '지은이 엄마, 고생이 많아서 어쩌지? 내가 빨리 털고 일어나야 하는데…' 하셨단다.

엄마는 해마다 제사 날이면 '살만하니까, 사람이 먼저 가더라'라는 말씀을 넋두리처럼 했다. 단칸 셋방에서 시작한 신혼 살림, 아버지는 정규 국어 교사와 야학 교사까지 겸했고 답십리에 독채 전세로 옮겨 가자 병이 생겼단다. 주야간 교사 일은 물론 《현대문학》 등에 계속 글을 실었고 문인들과 술을 자주 마셨으니 아무리 젊었다 해도 몸이 당할 수가 있었을까. 그렇게 33세의 아버지는 떠나셨다. 고통은 고스란히 남겨진 사랑하는 이들의 몫이었다. 엄마는 3살의 어린 딸을 데리고 친정으로 돌아왔고 생계를 위해 복직을 했다. 엄마는 결혼 전 유능한 초등학교 교사였다. 복직 후 주로 1학년 담임을 했었다. 뽀글뽀글 파마를 하고, 알록달록 통치마를 입고, 오르간을 치며 노래를 가르치는, 명랑 발랄 신여성이었다. 아픔을 딛고 일어서며 힘들었겠지만 딸을 위해 슬픔을 안으로만 새겼던 엄마. 겉으로는 밝았지만 안으로는 쓰라린 고통을 안고 있었던 분. 엄마는 가시나무새처럼 딸을 지켰다.

나는 기억 속의 아버지가 현관문을 열고 들어오며 ‘지은아’ 하고 부르는 상상을 수도 없이 하며 지냈다. ‘왜 나만 아버지가 없을까?’에 대한 생각은 철이 들면서 받아들여야 하는 ‘상황’이 되어 있었다. 누구도 원하지 않았던 상황은 그냥 견디어야 했던 것이 답이었다. ‘결손가정’은 나의 탓이 아니었지만 오랫동안 나를 괴롭혔다. 심하게 안으로 움츠러드는 나를 위해 엄마가 결정한 일은 성당에 나가게 하는 일이었다.

마침 사춘기를 시작할 무렵이었고 사람들이 많이 모이는 곳에 가면 사교성이 좀 나아지지 않을까 싶어서였다. 나의 손을 잡고 함께 가 준 친구는 수녀가 되었다. 나중에 나의 대모님이 되어 주신 골목길 건너편에 사시던 산파 아주머니가 있어서 가능한 일이었다. 신앙이 무엇인지, 종교가 무엇인지 잘 알지 못하고 발을 들여 놓게 된 곳에서 '어우러져 사는 일'을 배우게 되었다. 세상에는 누구도 혼자이고, 또 누구도 혼자 살 수 없다는 진실. 과장된 표현을 하자면 그 시간들이 아직까지 나의 삶을 지탱해 주고 있다.

유학생 가족이 되어 미국에 도착하면서 늘 함께했던 모임은 성당 가족이고, 한인 공동체는 한인 성당이 전부였다. 한인 공동체에 속한 한 사람으로 '이민자의 아픔과 외로움과 그리움'들을 공유하며 더불어 지냈다. 성당 안에서 만났던 꽤 여러분들이 선종하셨다. 그분들을 위해 기도하는 '연도'를 바치다 보면 나도 모르게 마음의 평안을 찾게 된다. 죽음을 애도하는 기도 속에서 마음의 평화를 찾는 일은 어쩌면 중환자실의 간호사로 오랫동안 근무했던 이유도 있다. 늘 만났던 죽음. 그 앞에 서면 조금은 초연해지고, 객관적인 시선으로 '죽음'이라는 사실을 보게 된다. 떠나는 사람이 편하다면 망자가 사랑했던 남은 사람들도 조금은 더 편하리라는 것이다.

해마다 11월이 되면, 평생 내 가슴 속에서 큰 그리움이었고 아픔이었던 구름나라 시인이신 아버지, 녹록치 않은 이민 생활 중에 나를 아껴 주셨던 성당 어르신들, 보라색 할미꽃 같았던 외할머니, 마지막 길 떠나시기 전 이메일로 하직인사를 보내 주신 대부님, 중환자실에서 만났던 마지막 길을 가는 사람들의 이름들이 기억된다. 그분들을 위해 연도를 바치며 마음의 평화를 얻는다.

언젠가 나도 가야 할 길이기에 두려워하지 않고 가보려고 한다. 두려움이 거의 사라진 것은 20여년쯤, 아직 젊었던 때 "생전 유언장"을 써 둔 이후라고 할 수 있다. 중환자실에 오래 근무하다 보니, 꼭 해 두어야 할 나의 일인 것 같았다. 남편을 설득했고 마침 근무하던 병원에서 연결해 준 변호사가 있어서 편하게 작성할 수 있었다.

그리고 근래에 새로 보완을 했다. 이유는 우리 가정에 새로운 식구가 들어왔기 때문이었다. 며느리를 맞으며 다시 한번, 현 상황을 알고 싶었다. 재정적인 것부터, 불치의 병이 걸렸을 때의 진행 과정, 죽고 나면 사후 처리 과정까지 자세히 적었다. 한 권의 바인더가 될 정도로 분량이 많다. 변호사가 사인을 한 후 우리동네 시청의 관할 부서에 등록을 했다.

그 당시 엄마는 요양원에 계셨기 때문에 엄마보다는 늦게 죽어야 한다는 것 말고는 언제 부름을 받아도 "예" 하고 대답할 수 있었다. 죽음에 대한 편안함은 졸저 《당신이 있어 외롭지 않습니다. 웅진출판사. 2012년》《그래도, 당신이 살았으면 좋겠다. 라곰, 2021》에서도 두어 번 서술해 보았기 때문일 수도 있다. 중환자실 간호사로서 마주했던 죽음들. 책을 통해 가슴 속에 응어리져 있었던 것들을 풀어 놓으며 초연해지려고 애썼고 더하여 엄마도 당신의 죽음을 늘 편안하게 말하며, 나름 준비하고 있었기에 가능한 일이었다.

또한 정리해 둔 바인더, '내 죽음에 대한 매뉴얼'을 만든 후 훨씬 더 편해졌다. 이 세상을 떠나 하느님 앞에 불려 갔을 때 '저는 이렇게 살다가 왔나이다' 하고 머리를 조아릴 수 있을 것 같다.

멀리서 부르는 빛은 곱고 아름다운 무지개 다리가

되어 떠있다. 멀리서 그 분이 따듯한 손을 내밀며 '어서 오너라' 하며 얼굴에 가득 미소를 띠고 기다리신다.

되어 떠있다. 멀리서 그 분이 따듯한 손을 내밀며 '어서 오너라' 하며 얼굴에 가득 미소를 띠고 기다리신다.

팥 시루떡

나른한 오후, 전화를 받았다. 엄마가 계셨던 요양원 원장님 번호다.

"어쩐 일이세요? 잘 계시죠? 별일 없으시고요?"라며 반갑게 받았다.

"목소리가 밝아서 다행입니다"라며, 내가 지금 어디에 있는지 물어 왔다.

집에 있다고 하자, 지금 우리 아파트까지 온다고 한다. 무슨 일이냐고 묻자, 따끈한 팥 시루떡이 왔는데, 좀 드리려고요, 하며 끊는다. 사양할 틈도 주지 않고.

정확히 20분 후, 다시 전화는 울렸고 집에 올라와

서 차 한잔하고 가시라고 해도, 막무가내로 내려오라고 한다. 입구 문을 열자, 차에서 내리며 떡을 건넨다. 아직 따끈하다. 특별히 주문한 떡은 요양원의 어르신들이 참 좋아하는데, 서울에 주문을 해야 해서 자주는 못하고 가끔 한다며, 오늘이 바로 그날이고 내 생각이 나서 전화를 걸어왔고, 손수 배달까지 해주었다.

엄마가 계시던 요양원. 난 8번째 미국에서 나와 얼마전 엄마의 장례까지 치렀다. 엄마가 요양원을 처음 들어가던 때는, 치매가 있기는 했지만 그리 나쁜 상황은 아니었다. 처음 입원했던 그 해 봄, 말 그대로 잔인한 4월이었고, 엄마의 아파트에 혼자 남아 울고 지낸 밤이 거의 매일이었다. 낮 시간에는 거의 매일 점심 시간에 요양원에 가서 엄마의 점심 시중을 들었다. 점심을 먹여드리고 건물의 일층으로 내려와 복도에서 울었고, 그 언덕을 걸어 내려오며 울었다. 2개월쯤 지나고, 엄마가 조금 적응이 되는 것 같아 난 미국으로 들어갔다. 발걸음은 무거웠고, 돌아가는 비행기 안에서 얼마나 울었는지 승무원들이 교대로 내 옆에 와 말을 붙이고 물을 갖다 주고 손을 잡아 주었다.

미국 집에 도착해서도 거의 매일 울었다. '내가 엄마

를 그곳에 버렸다'는 죄책감에 어쩔 줄 몰라 했다. 미사 해설을 하다 울고, 성가를 부르다가 울고, 혼자 화답송을 부르다가 목이 메었다. 눈가가 짓무르도록 울었다.

코로나가 터지자 원장님이 전해준 소식으로만 엄마의 상황이 파악되었다. 어떤 날은 엄마가 낮잠을 주무신다며 바꾸어 주지 않았다. 그런 날은 엄마의 컨디션이 썩 좋지 않아 프로그램도 못하고, 식사도 잘 못한 날이다.

또 어떤 날은 원장님이 먼저 카톡으로 통화를 걸어 왔다. '엄마, 엄마, 엄마. 내가 누구야. 딸… 딸… 몰라?' 그런 날은 엄마의 컨디션이 상당히 좋은 날이었다. 가끔은 '딸이야. 지은이' 하면 난 무슨 큰일이나 난 듯 호들갑을 떨며, 손뼉을 치며 '맞아 맞아, 엄마의 예쁜 딸…' 하고 전화를 끊곤 하였다. 미루어 짐작하건대 이건 원장님의 배려였다. 멀리서 가지도 오지도 못하는 상황에서, 엄마의 나쁜 상황은 피하고, 좋은 상황만 알려 주는 지혜. 그래야 내가 걱정을 덜할 것임을 알기에…

그래도 엄마 면회를 하러 와 있던 시간 동안에 세 번째 에세이집을 냈고. 그 덕택에 몇 군데 출연과 인터뷰 등으로 바쁘게 지냈고, 브런치 작가로 소소한 일상들을 글로 남기며 좋은 분들과 소통하고 있다. 엄마 덕택에 강릉에 나와 있는 시간들을 정말 유용하게 썼다.

이제 엄마가 안 계신 강릉을 얼마나 자주 올까 싶다. 바다가 있고, 솔밭이 있고, 친구가 있지만 엄마는 안 계시다.

상실감은 가슴으로 커다란 바람이 되어 불어 든다. 서늘하다가 아리다가 시리다. 가끔은 왼쪽 가슴에 통증도 있다. 호흡이 안되어 낑낑거리다가 찬물을 들이켜고 정신을 차린다. 편안해지기 위해 친구들도 자주 만나고, 더 많이 걷고, 공연도 보러 다니고, 책방도 기웃거리고, 독서도 심하게 하지만 그러면 그럴수록 더 힘들어지는 것 같다. 안 힘든 척하는 것이 더 힘든 요즈음.

솔밭을 걷고 와서 아직 온기가 남아 있는 팥 시루떡 한 개가 저녁식사이다. 엄마가 계셨던 마지막 4년이 이렇게 온기로 전해진다. 또 울컥한다. 목이 메이지 않게 맥주 한 캔 따서 옆에 놓고 천천히 떡 맛을 음미한다. 부드럽고, 달콤하고, 쫄깃하고, 따스한 인연. 그 언덕 위의 작은 곳엔 사람 사는 냄새도 함께한다. 고맙고 또 고마운 마음, 언덕 위에 있는 요양원으로 따스한 시선을 보내 드린다.

교장 선생님

봄 느낌이 물씬 나는 날, 집을 나선다. 정류장 가는 길, 환한 노랑색이던 산수유는 어느덧 졌고 철쭉 작은 꽃 망울들이 초록 연한 잎들 사이로 조금씩 올라온다.

두세 사람 승객을 태운 버스에서 스치며 보여지는 바깥 풍경. 정겨운 강릉의 봄을 바라보며 몸은 흔들린다. 강릉 신영극장 앞에서 할머니 몇 분이 탄다. 봄이 지나가는 들녘에 나물이 지천이고 햇살 바라기를 하며 캐면 한 보따리가 금세 된단다. 중앙시장에 나물보따리를 넘기고 오는 길. 요양원 언덕을 넘어가면 시골이고 그곳에서 캔 나물들. 향긋한 냄새는 정겹고 투박한 강릉 사투리가 친근하다. 투박하고 거친 억양에 싸우는 듯 말해도 지역 주민에겐 다정하기만 한 강릉 사투리. 버스 안에 가득한 그분들의 사는 이야기들을 들으며 혼자 웃는다.

버스에서 내려 언덕을 오르면 엄마가 계신 요양원. 생각보다 훨씬 더 적응을 잘하는 엄마가 참 고맙다. "또 오셨네." 요양사 선생님과 인사하며 안으로 들어간다. 마침 퍼즐 맞추기 시간. 엄마의 손놀림을 보며 "와우~" 하며 의자를 당겨 옆자리에 앉는다. 근데 다른 옆자리에는 어떤 남자분이 앉아 계신다. 그분이 엄마를 친절하게 도와준다. '누구시지' 궁금해 하며 가볍게 인사를 건넨다. 그런 나의 표정에 "엄마 바로 앞 병실에 있는 사람입니다" 하고 먼저 인사를 건네셨다. 그제야 나는 일어서서 인사를 드렸다. 요즘 애들 말로 정중하게 배꼽 인사.

오락 시간이 끝나고 점심 식사를 위해 2층으로 올라갈 때 그 남자분이 엄마의 휠체어를 밀었다. 못 보던 풍경이라 좀 의아했지만 요양사 선생님이 눈짓을 하며 그냥 두라는 표정이다. 두 분은 요양사 선생님과 함께 엘리베이터를 타고, 난 계단으로 올라갔다. 두 분은 나란히 앉아 식사를 기다렸고 그 남자분은 연신 엄마에게 무슨 말을 건넸다. 나는 조금 멀리서 두 분을 바라보았다.

정성스레 준비된 음식판이 앞에 놓이자, 그분은 엄마에게 "우 교장, 식사합시다" 한다. 엄마는 고개를 끄덕이며 천천히 식사를 했다. 혼자 수저를 드는 것을 본 건 요즈음 들어 처음이었다. '뭐지?' 하는 생각이 휙 지나갔지만 난 그냥 두 분을 바라만 보았다. 그 그림이 아름다웠다면 너무 슬픈가?

식사시간은 꽤 길었다. 그분은 엄마에게 더 드시라고 권했고 엄마는 그 말을 따라 천천히 음식을 더 드셨다. 그 즈음 나는 거의 매일 점심식사 시중하러 요양원을 드나들었고, 원장님이나 선생님들 말도 엄마는 거의 혼자 식사는 못하셨고 누군가의 수발이 필요했었는데…

그날은 그렇게 바라만 보다가 원장님께 물어보았다. 이게 무슨 상황이냐고. 그 남자분도 퇴직 교장, 엄마보다는 몇 해 후배쯤 될 거라고 하신다. 며칠 전 입원하셨는데 바로 엄마를 알아 보고, 말을 걸고, 식사도 옆에서 하고 노래나 오락, 물리치료 같은 것도 동행하고 싶어 한다고. 그분은 말기 암 환자였지만 정신은 말짱했고 본인이 원해서 요양원에 들어왔단다. 그런데 신기한 것은 그분 시선을 한 몸에 받은 엄마는 갑자기 식사도 더 잘 하고, 싫어하던 프로그램도 같이 가신다. 매일 면회를 왔지만 내가 알지 못했던 요 며칠 사이의 변화. 엄마의 모습이 생소했지만 보기 좋았다. '꽃피는 봄에 핀 마지막 사랑'일까? 그런 생각이 휙 지나간다. 그 나이가 되어도, 여자이고 싶은 엄마. 요양원 안에서도 꽃피는 사랑.

그런 것일까? 충만한 감정, 따뜻한 시선, 기대고 싶은 마음. 궁금했지만 그때는 물어보지 못했다. 원장님이 그런 얘기도 해 주었다. '종숙 어르신' 그렇게 부르면 대답을 안 하다가, '교장 선생님, 우 교장 선생님' 그렇게 부르면 고개를 돌려 얼굴을 본다고. 평생 혼자 지냈고, 교직에 몸 바치며, 달빛을 받은 하얀 난초 같았던 엄마. 이제 따뜻한 시선과 엄마의 이름을 인정해 준 그분의 마음을 느끼며 여기가 더 편해진 걸까?

엄마는 알았을까, 얼마 후 그분이 먼저 떠나신 걸. 난 미국에 돌아간 후에야 알았다. 그분의 모습이 안보이자 엄마가 상당히 불안해하는 것 같다는 이야기도 전해 들었다. 엄마가 그 상황을 이해했던 것인지 알 수는 없지만 엄마가 많이 슬퍼하지 않았으면 좋겠다. 두 분의 마지막 시간에 따뜻한 시선을 서로 나눌 수 있었다면 얼마나 감사한 일일까? 만약 그분도, 엄마도 서로에게 좋은 감정이 있었다면 그야말로 고마운 일 아닐까? 인생의 마지막 길에서 갖게 되는 따뜻한 마음과 소중한 시간들.

엄마에게 이렇게 전한다. "하늘 나라에 가서 아버지를 만나거든, 그렇게 말씀하셔. '당신은 그렇게 모질게 일찍 갔지만 난 딸 하나 키우면서 열심히 살았고, 이승을 떠나기 전에 마지막 따뜻한 시선도 받아 보았소. 사는 일이 힘은 들었지만 그렇게 나쁘지만은 않았는데, 이제서야 오래 기다린 당신에게 돌아왔네요'라고."

그러면 청춘의 아버지가 따뜻하게 손잡아 주며 사랑스럽게 안아 주지 않을까?

이제 곧 입하란다. 누가 청하지 않아도 더위를 잔뜩 짊어진 여름은 올 것이다. 아직은 봄이고 싶은 마음. 그게 욕심이라 할지라도…

가벼운 산행

눈이 녹은 봄날 토요일 이른 아침. 남편과 같이 미국 집 밖으로 나섰다. 먼 산 정상에는 아직 잔설들이 남아있다. 두꺼운 외투를 찾아 입고 미끄럼 방지용 등산화를 찾아 신었다. 비닐 봉투 2개도 챙겼다. 시냇물은 손이 시리게 차갑고 물소리는 청량하고 길 옆에는 물기를 머금은 산나물들이 많다. 고사리, 방풍나물, 머위. 다른 것들도 있겠지만 이름을 모르니 내가 아는 나물만 꺾을 예정이다. 봄나물들은 살짝 데쳐서 소분해 놓으면 일 년 내내 먹을 수 있다. 천상 강원도 아줌마인 나는 산나물을 엄청 좋아한다. 몸이 피곤하고 입맛이 없을 때 먹는 산나물 맛은 그야말로 일품이다. 고향 맛을 옮겨온 듯한 산나물, 추억과 그리움이 고스란히 배어 있다.

커피를 한 잔 만들어 보온 병에 담고, 바나나와 사과도 백팩에 넣는다. 물론 목장갑과 작은 과도도 챙겼다. 20분이 채 안 되지만 길 떠나는 마음은 언제나 들뜬다. 페달을 밟는 남편 옆에서 모처럼 콧노래도 흥얼거린다. 제법 경사가 있는 곳에서 커피를 꺼내 나누어 마시며 산 등성을 한 걸음씩 올라간다. 나무들이 우거진 숲 길은 시원하고 심호흡을 하면 머리도 맑아지는 느낌.

습하고 그늘진 곳에는 고사리 군락이 보인다. '저기, 고사리.' 손으로 줄기를 꺾어 비닐 봉투에 넣는다. 경사는 좀더 급해지지만 다른 나물들이 있나 살피며 천천히 올라간다. 얼마를 올랐을까, 시냇물 옆으로 머위가 꽤 있다. 준비해간 과도로 붉은 색의 밑둥을 잘 자른다. 머위는 남편의 비닐봉투에 채운다. 채 10분도 안 걸린 듯. 나물을 넣을 백팩의 공간을 만들기 위해 바나나와 사과를 꺼내 먹고 남은 커피도 마저 마신다. 그늘진 산길은 약간 쌀쌀했지만 커피를 마시고 나물을 캤더니 몸이 제법 더워졌다.

오르는 길 옆으로 방풍나물도 지천이다. 손에 가득

몇 개씩 꺾으며 산을 오른다. 정상은 아직 멀었는데 비닐 봉투는 가득 찼다. 욕심을 내면 더 많이 캘 수도 있겠지만 이만하면 충분하다 싶어 비닐 봉투의 위를 묶어 백팩에 넣고 계속 산을 오른다. 산나물도 캐고 운동도 하는 일석이조의 토요일 아침이다.

나물을 캐며 그 옛날, 진외가댁 기억이 난다. 강릉 박월리 뒷산에도 나물들이 많았다. 이맘때면 쑥과 냉이를 캤다. 논두렁에는 달래들도 지천이었다. 외할머니와 함께 햇살 바라기를 하면서 캤던 시절의 쑥 향이 태평양을 건너와 코끝을 간지럽힌다.

캔 나물은 흙을 털고 잔뿌리들을 다듬고 깨끗이 씻어 삶아 손으로 조물조물 무쳐 우리들의 밥상에 올라왔다. 퇴근 후의 엄마는 봄 밥상 위에 달걀 프라이 하나 올리고 들기름을 두른 비빔밥을 만들었다. 양푼에 쓱쓱 비벼 셋이서 둘러앉아 열심히 먹었던 기억. 외할머니와 엄마, 나. 여자 3대가 둘러앉은 밥상. 묵언의 약속은 '지은아, 넌 절대 할미와 엄마의 인생을 닮아서는 안 된다'는 것이었다. 외할머니는 마흔 전후에, 엄마는 스물 아홉에 혼자되었다. 두 청상의 사이에서 신나게 비빔밥을 먹고 있는 나를 바라보았던 두 분 시선의 무게가 지금은 이해가 된다.

그 작은 아이가 성장해 남편을 만나 연애를 시작할 무렵, 엄마는 남편의 뒷조사를 했다. 남편 동네까지 가서 골목 끝의 가게와 세탁소에서 물어 보았고 남편이 하숙을 하던 하숙집 주인 아줌마께 전화를 걸어 알아 보았다. 가게 아주머니는 말도 없고, 착하고, 형제들이 많은데 공부를 제일 잘하는, 둘째 아들이라 했단다. 세탁소에서는 남자 많은 집의 제일 착한 아들이라고. 하숙집 아주머니는 성실한 공군 중위라고. 드나드는 여자는 없었는데 요즘 어디서 오는 아가씨가 가끔 있는 것 같다고. 그 아가씨가 나인걸 몰랐던 하숙집 아주머니. 둘째 아들이고 형제가 많고, 에서 일차 통과. 딸의 팔자가 자신들을 닮지 않기를 간절히 원했던 할머니와 엄마. 하숙집 아주머니와의 통화에서도 조신했던 걸 알 수 있어 2차도 통과. 그렇게 허락되었던 우리들의 연애 시절. 엄마는 동네까지 가서 알아보며 무얼 걱정하셨던 걸까?

며칠 후면 결혼 기념일이다. 40년이 지나고 있는 세월. 남편과 함께 산 시간이 엄마와 살았던 시간보다 훨씬 길어졌다. 봄나물향 가득한 밥상에서 했던 약속. 산을 내려오며, 어둠은 빛을 이길 수가 없다는 말을 기억한다. 늘 겨울 같았을 두 분의 외로운 인생에서 작았던 아이는 빛이 아니었을까? 뭘 꼭 이루어서 그런 게 아니라 소소한 시간들에 감사하며 평범하게 살고 있는 지금의 나. 작은 빛도 어두운 곳에서는 밝은 한 점이 되어 보인다.

오랜만에 나물을 캐러 갔다. 응달에 아직 눈이 남아 있었다. 등산을 하면서 나물도 캐고, 꽤 괜찮은 일인 것 같다. 며칠 후 결혼 기념일엔 집에서 나물 비빔밥을 해 먹어야지. 들기름도 있으니. 신선한 봄나물 향과 어울리는 고소한 들기름 맛. 생각만 해도 입맛이 확 살아나며 군침이 돈다. 어울리는 와인은 무엇일까? 그날엔 꽃 바구니가 배달되도록 옆구리 찔러 절 받기를 한번 해 볼까?

평생 해로하며 잘 살아야 한다는 약속, 오늘도 잘 지키며 봄내음 가득한 계절을 즐긴다. 또 돌아올 계절. 내년 봄에도 나물 가득한 밥상 앞에 남편과 마주 앉아 있겠지.

"잊으라 했는데…"

미국으로 돌아온 지 한 달이 다 되어간다. 아직은 빈자리가 실감이 나지 않지만 문득 문득 느끼는 이 허전함. 서두르지 않고 천천히, 하나씩 풀어 보려고 한다. 엄마의 노트나 명필이었던 엄마의 글씨체가 고스란히 남아 있었으면 좋겠다. 오랜 공직 생활에서 온 엄마의 좋은 글씨체를 나는 닮지 못했다. 요즈음은 혼자 하는 놀이, 자신을 다스리는 글씨연습, 캘리그라피라는 것도 있다는데 더 늦기 전에 한번 시도해 볼까? 라는 생각을 하다가… 이른 아침, 커피 한 잔 내려서 컴퓨터 앞에 앉는다. 차분히 앉아서 바빴던 주말을 정리해 본다.

어떻게 된 일인지 퇴직 후의 주말은 출근을 할 때보다 더 바쁘다. 매주 그런 건 아니지만 금요일 저녁이면 가게에서 와인이나 맥주 시음에 필요한 작은 핑거 푸드를 준비한다. 시음할 잔은 충분한지 점검하고 어디다 테이블을 놓아야 좋을지도 본다. 가게 일이야 주로 아들이 하는 것이지만, 내가 있어야만 잘 되는 것 같아서 잔소리 늘어 놓으며 돕는 척한다.

혼자 잔소리를 하면서 옛날 엄마의 잔소리가 생각난다. 참 듣기 싫었던 엄마의 지청구. 그때 엄마가 했던 말이나 지금의 내가 하고 있는 말들은 같은 맥락이다. 스스로 잘 알아서 하지만 확인하고 또 잘되라고 하는 것. 자식을 향한 부모의 마음이야 세월이 간다고 달라질 것이 없다.

벌써 엄마의 말이 그립다. 요양원에서 엄마는 점점 말을 잃어갔다. 엄마의 말들이 다시 소리가 되어 나오길 간절히 바랬지만 그런 행운은 오지 않았고 안타까운 마음만 더해갔다.

토요일이면 남편과 쇼핑을 하든지, 가벼운 산행을 하든지, 길게 자전거를 타기도 한다. 그게 유일한 둘만의 시간이다. 별 말이 없는 남편과는 같은 집안에 있어도 서로의 공간에서 각자의 일을 한다. 나는 내 방 컴퓨터 앞에서 너튜브를 보기도 하고 브런치에 올라온 새 글들을 읽는다. 브런치의 글들을 통해서 배우는 나의 모습. 에세이는 누구와 마주 앉아 이야기를 풀어 가는 듯한 느낌이 좋다. '구독하기'를 눌러 놓은 글들이 대부분이지만 메인 화면에 뜨는 글들도 본다. 남편은 아래층 넓은 방에서 주식을 살피고, 은행 잔고를 체크하고, 동창들의 단톡 방을 기웃거리며 혼자 웃기도 한다. 각자의 영역 안에서 자유롭게 유영하는 우리 둘. 같은 공간 내에 있으면서도 서로의 자리가 확실하다. 문득 대화가 거의 없어 우리들도 나중에 말을 잃는 것은 아닌가 걱정이 된다. 둘이 있어도 이렇게 대화가 없는데 혼자였던 엄마는 누구와 대화를 했을까? 그래도 우린 식사 시간이면 마주 앉아 와인도 한잔하며 정치나 문화나 스포츠 이야기를 나누기도 하는데 엄마는 평생 그런 소소한 이야기들을 나눌 상대가 없었다. 더구나 연세가 들면서, 더 심해졌다. 노인정에서, 친구와 전화로, 고스톱을 치면서 농담을 했겠지만 길고 길었을 혼자의 시간. 고독하기만 했을 엄마. 그래서 더 빨리 말을 잃었던 걸까? 또 다시 파도처럼 밀려오는 자책.

주일인 일요일 아침에는 일찍 성당을 간다. 성가대를 한 지도 벌써 5~6년이 되고 주일 아침에는 꼭 연습이 있다. 최소한 1시간 반쯤 일찍 가야 해 주일마저도 우린 각자의 스케줄대로 움직인다. 생각보다 어려운 노래. 기도가 아닌 분심만 들게 하는 불협화음이 되지 않도록 연습에 연습을 더한다. 재능이 아닌 노력으로 하는 성가는 분명 한계가 있다. 그렇다고 하더라도 그 소리, 주님이 보시기에 좋았으면 하며, 기도하는 마음으로 부른다. 엄마는 나훈아의 노래를 좋아했다. 그의 새 노래가 나오면 가사를 적어 혼자 부르기도 하고 어쩌다 TV에 나오면 그 안으로 빨려 들어갈 듯 경청했다. 내 기억에 엄마는 노래 가사를 적은 노트를 갖고 있었다. 예전 미국에 올 때 엄마가 적어서 가지고 왔던 유행가 가사들 중의 하나, '영영'. 뭘 그리 잊어야 했을까? 사랑을? 추억을? 기억조차 잃어 가는 엄마, 그때 영영 잊지 않았더라면 지금을 기억할까?

어느 날 나의 기억도 사라질까봐 월요일 아침이 되면 주말의 일들을 적어 둔다. 일기가 아니더라도 거의 매일 가벼운 메모를 한다. 아무것도 일어나지 않은 하루는 없으니까. 사소한 것도 시간이 지나고 보면 큰 것이 되어 있을 때가 있고 기록하지 않았던 것들은 흔적도 없이 사라진다. 기억과 말을 잡아 두는 것은 메모가 최선인 것 같다.

다음 강릉에 가면, 엄마의 기록들을 좀 찾아봐야 하겠다. 일기는 아니더라도, 특별한 하루의 기록이 아니더라도, 엄마의 메모가 어디 있지 않을까? 노래 가사를 적어 둔 노트 말고 또 다른 것들이 있을까? 엄마의 기억이 몇 권의 노트가 되어 있다면 좋겠다. 전화로는 가늠이 안되었던 엄마의 시간들. 오랫동안 멀리 떨어져 지낸 긴 시간들. 간극이 넓었던 나와 엄마의 시간 안에는 무엇이 있었을까 궁금하다. 그걸 찾아내 나의 말로 엮어 본다면 그건 우리 사이를 이어주는 의미 있는 일이 아닐까? 먼 곳에 살며 불효한 딸이 하고 싶은 일. 용서를 바라며 엄마의 시간들을 잊지 않고 살아가고 싶다.

엄마의 자리

여름이다. 온도를 맞추어 놓은 실내는 시원한 바람이 머문다. 문득 엄마의 보금자리였던 요양원도 이렇게 시원했었을까, 라는 생각이 든다. 늘 하던 집안 일이지만 어느 날 좀 더 닦고 치우고 나면 대청소를 했다는 기분에 마음까지 개운해진다. 먼지 앉은 곳도 없는데 왜 난 가끔 이런 청소를 사서 하는지 모르겠다. 이것도 엄마를 보고 배운 것 같다.

물 얼룩이 낀 수도꼭지가 신경에 거슬린다. 수세미로 문지르다 팔을 걷어붙이고 앞 뒤 창문을 연다. 자연스럽게 대청소로 이어진다. 온 집안을 한바탕 뒤집는 일. 창

틀에 앉은 먼지도 털고 베란다 물청소도 하고 화장실도 반짝반짝 윤이 나게 닦는 청소. 마침 남편도 집에 있으니 아래층, 위층, 계단까지 진공청소기도 꼼꼼히 돌려 달라는 주문을 하고 난 부엌부터 시작이다.

엄마가 지금의 내 나이보다 젊었던 시절, 여름 방학이면 가끔 미국에 왔다. 엄마가 왔다 가면 집안은 완전히 변했다. 마술사처럼 엄마의 손길이 지나간 자리는 변신이 되었다. 커다란 유리창은 마치 유리가 없는 것 같이 깨끗해서, 바깥 풍경을 고스란히 보여주었다. 가구들은 정돈되었고, 얼룩졌던 개수대와 목욕탕까지 반들반들 광이 났다. 엄마는 휴가를 왔지만 쉬는 일은 뒷전이고 딸을 위해 쓸고 닦았다. 가구나 부엌의 조리기구, 책상 위의 필기구, 작은 잡동사니들조차도 정리되었다. 부엌 서랍, 수저를 크기별로 정리했고 냉장고는 각 용기에 견출지를 붙여 알아보기 쉽게 정리했다. 쓸데없이 화장실은 왜 이리 많냐 하면서도 욕실 욕조 안의 묵은 때까지 벗겨냈고 집안 구석 어디에도 먼지 한 톨 없었다. 청소를 하는 내내 엄마의 지청구는 유행가 가사처럼 편안하게 들렸다.

나도 나름 하느라 했지만 직장 다니고, 아이 기르

고, 학교 다니며, 집안일까지 하는 일은 언제나 역부족이었다. 늘 허둥거렸다. 그러다 엄마가 다녀가면 집안의 완전 변신. 맨 마지막으로 정리하는 곳은 차고. 필요할 때마다 사서 쓰지 왜 이리 많은 것들을 쌓아 두냐는 잔소리. 차고는 우리집 살림살이의 창고. 대청소 하는 날에는 오래된 것들은 버리고, 쓰지 않는 물건들은 골라 나눔을 한다. 차고 바닥의 물청소까지 끝내면 엄마는 '이제 너네 집 청소가 다 끝났으니, 동부에 가야지' 했다.

미국 동부엔 이모가 살고 있다. 엄마의 막내 동생. 우리집보다 서너 배는 넓은 이모네에서도 똑같은 순서로 청소와 정리를 하고는 허리가 아프고 손이 뻑뻑하다며, '미국 휴가는 휴가가 아니고 힘든 노동이야, 노동. 왜 다들 미국까지 와서 사는지…쯧쯧' 하는 말을 흘려가듯 했지만 그 말을 듣는 나는 참 가슴이 아팠다.

옆에 두지 못한 딸과 가장 좋은 친구가 될 여동생이 멀리 살고 있으니, 엄마의 외로움은 얼마나 컸을까? 그 외로움에 아무런 도움이 되지 못했던 딸의 자리. 멀리 사는 것만으로도 죄인이었던 시간.

엄마가 다녀간 자리는 일 년 이상 제자리를 지키며

정리한대로 있다 시간이 가며 조금씩 흐트러지다가 내가 한번 한국을 다녀가면 거의 난장판 수준이 되고 말았다. 엄마와 똑같은 잔소리를 남편에게 하며 집을 치우고 정리하고 쓸고 닦고.

엄마의 정리 정돈과 청소 같은 것들을 보며 왜 그렇게 쓸고 닦고 하는지 했지만, 요즈음 나는 엄마보다 더한 것 같다. 어려서 보고 배운 습관이 평생 가는 것이겠지. 사람 사는 집이 좀 흐트러진 면도 있어야 인간적이라고 누군가 말했지만 부엌의 작은 집기 하나라도 제자리가 아니면 난 신경이 쓰인다. 필요 이상의 강박, 흩어진 것들이 몇 개 되면 난 마음이 어지럽다. 제자리에 놓여 있는 그릇, 깨끗한 개수대, 보송보송한 욕실들을 보며 작은 희열 같은 것을 느낀다. 서랍을 열었을 때 가지런히 놓여 있는 수저가 주는 소소한 행복. 그 기쁨은 엄마한테서 배운 학습의 효과이기도 하다.

가끔 그런 생각을 한다. 엄마는 요양원 안에서도 뭔가 정리할 걸 찾고 있었던 것은 아닐까? 타월을 각 맞추어 접고, 오락실에 놓여 있는 집기들을 줄 맞추어 세우고, 놀이 시간에 그렸던 도화지들을 차곡차곡 쌓는, 상상. 그러면서 혼자 웃는다.

엄마의 마음 깊은 곳에 남아 있는 아픔도, 슬픔도, 외로움도 잘 정리해서 한 곳에 놓아 두라고 부탁한다. 밀어 둔 아픔과 외로움들은 먼 길 떠나는 날, 한꺼번에 들어 옮기고 청소를 할까 한다. 그렇게 마음속 깊이 쌓아 둔 것을 정리하고 나면, 엄마의 마음도 나의 마음도 개운해질 수 있을까? 엄마처럼 치우고 나면 잔소리가 그리운 날에도 나는 울지 않고, 내 마음은 보송보송해졌을까?

노랑 버스

아직 뭐가 뭔지 잘 모르겠다. 나름 준비되었던 이별이었지만 쉽지가 않다. 아직 멍할 뿐이다. 아들, 며느리가 돌아가고 남편도 돌아간 후, 정말로 혼자 남겨지면 힘들어질지도 모르겠다. 호상好喪이라는 소리가 듣기 거북하다. 엄마의 빈자리가 커다란 상처가 되지 않았으면 좋겠다. 아물 수 있는 상처이기만을⋯ 서두르지 않고 천천히 아무는 상처. 그런 생각을 하던 날 아침 만났던 기억 한 토막.

기억이 가물가물한 것을 보니, 초등학교 1,2학년이나 되었을까? 그날도 난 하교 후 외할머니 옆에 딱 붙어서 옛날 이야기 같은 것을 듣고 있었던 것 같다. 엄마는 이른 오후에 퇴근을 했고, 난 너무 반가운 마음에 이렇게 일찍? 하는 표정으로 엄마 옆으로 다가갔다. 그러나 그 애교도 잠시, 엄마가 옷을 갈아 입고 바로 나간다고 나서자, 나도 따라간다고 떼를 쓰기 시작했다. 엄마는 회식 자리에 간다며 안 된다고 했고, 난 울고 불고 따라간다고 난리 북새통이었다. 말리다 못한 외할머니는 "나도 모르겠다"고 집으로 들어가 버리시고, 난 골목이 떠나갈 듯 울며불며 엄마의 치마자락을 잡고 매달렸다.

왜 그렇게 따라간다고 했던지, 그 이유가 지금도 궁금하다. 늘 외할머니와 함께했던 하교 후, 얌전하게 말 잘 들었던 내가 심술이 나자 걷잡을 수가 없었다. 엄마와 골목 안에서의 실랑이는 큰길까지 이어졌고, 작은 문방구 겸 구멍가게였던 곳에서, 종이 옷을 갈아 입히는 인형 하나와 뽑기 한 개로 일단락이 되었다. 엄마는 모임에 갔고 난 외할머니 품에서 훌쩍이다 잠이 들었던 것 같다.

그때, 왜 그랬을까? 아직도 기억에 남는 것을 보니, 나에겐 참 큰 사건이었던 것 같다. 엄마를 따라가는 일이 허락되지 않았던 그 시간. 엄마는 직장을 다니는 신 여성이었고 난 엄마가 필요한 아이였다. 소풍을 가서도 난 늘 외할머니와 돗자리를 펴고 앉아 있었고, 할머니와 김밥을 먹었고, 사이다를 마셨고, 할머니가 삶은 밤을 까 주었다. 엄마는 늘 옆반 아이들과 즐겁게 웃고 있었다. 마음 속에는 '울 엄마인데, 지네들이 다 독차지하네~' 같은 질투심이 일기도 했다. 철이 들며 생각해 보니 그건 어쩌면 당연한 일이었다. 우리 엄마가 바로 옆 반의 담임 선생님이었으니까. 엄마를 대신했던 외할머니. 아버지를 대신했던 외삼촌. 엄마보다 더 엄마 같았던 외숙모. 내 친동생들 같았던 외사촌들이 있어 일찍 돌아가신 아버지에 대한 그리움과 외로움을 그런대로 견디며 지낼 수 있었다.

철이 들며, 이런 가족 상황이 우리의 잘못은 아니었지만 그것에 대한 타인의 시선은 늘 냉랭했고 따가웠다. 그리고 상황 파악이 확실히 되었을 땐 난 이미 사춘기로 접어들고 있었다. 이후 한번도 살갑지 못한 딸로 자랐고, 남편을 따라 먼 미국으로 가 버린 딸이 되고 말았다.

엄마의 외롭고 힘든 인생이 곳곳에서 한지에 스며드는 먹물처럼 내 가슴 속에서 올라왔다. 멀리 사는 것이 불효인 것을 절절히 알게 되었던 지난 4년. 내게 주어진 시간은 너무 제한적이었다. 아무리 애써 붙잡아 보려 해도, 가는 시간을 붙잡을 수는 없었다. 그렇게 가슴을 치며 후회를 했던 시간들이 지났고 이젠 그것조차 돌이킬 수 없는 곳으로 떠나갔다.

엄마의 장례 기간 중에 많은 초등학교 친구들이 위로 해주러 먼 길 마다 않고 와 주었다. 서울서 운전을 해서 왔던 친구 몇 명과 엄마의 운구를 도와주었던 강릉에 사는 친구들. 그들은 엄마의 제자이기도 했고 내 초등학교 동창들이기도 했다. 남편도 아들, 며느리도 많이 놀라는 것 같았다. 먼 길 마다 않고 와서 내 손잡고 울던 친구, 근조화환과 꽃바구니를 보내 준 친구. 그들 모두는 초등학교 1학년 입학식날을 기억했다. 작은 조막손으로 울 엄마의 손을 잡고 하나 둘, 교실로 들어 가던 일. 소풍과 운동회, 학예회까지. 학창 시절의 첫 발걸음을 울 엄마와 같이 했고, 추억과 오랜 우정을 잊지 않고 와 주었다. 감사하고 또 감사한 일이다.

아침, 약속이 있어 나가는 길이었다. 아이들을 태우러 오는 노랑 버스들. ㅇㅇ어린이집. ㅇㅇ유치원. 그런 이름이 붙은 소형 버스들 안으로 아이들은 엄마에게, 할머니

에게, 아빠에게 손을 흔들며 들어가고, 아이들이 다 탔는
지 확인을 한 선생님은 천천히 아파트 단지를 빠져나갔다.
그 노랑 버스를 바라보고 섰다가, 나의 어린 시절을 기억
해 내고는 쓸쓸히 웃는다.

어린 시절의 나는 할머니가 되었고, 유치원까지 손
잡고 바래다 주시던 외할머니는 이미 타계하셨고, 홀로서
기로 힘들었을 엄마도 이젠 안 계신다. 시야에서 사라지는
노랑 버스 속으로 나의 시린 어린 시절도 함께 보낸다. 어
린 시절 친구들의 기억 속에는 울 엄마가 아직도 청춘인
채 곱게 계셨으면 좋겠다.

엄마의 가계부

엄마의 유품들을 정리해 미국 집으로 가져가려 분리해 놓았다. 옷이나 신발 등은 이미 정리했고 이번에는 그때 정리 못했던 손때 묻은 가계부와 메모, 여행의 단상들이다. 일기는 아니지만 엄마의 흔적을 따라가기에 충분한 기록들. 지출의 많은 부분들이 약값과 병원 진료비이다. 주사도 여러 번 맞았던 듯, 금액과 횟수도 기록되어 있다. 통증의 강도는 기록되어 있지 않다. 매달 사용한 횟수와 금액으로 미루어, 통증이 나아지지 않았던 것 같다.

전화를 걸었을 땐, 다 괜찮다고, 무릎만 조금 불편하다고 답했던 엄마. 그 말을 그대로 믿었던 나. 어쩌면 내가 원하던 답이었기에 그 소리만 들렸던 것은 아닐까? 몇 십년의 기록에서 어느 한 달도 진통제의 지출이 빠지지 않았고, 치료의 횟수도 늘어갔다. 통증이 그렇게 심했으면서 왜 수술을 안 한다고 했을까 다시 한번 생각하게 하는 기록들.

한 장씩 넘기며, 엄마의 지난 시간들을 나의 시선으로 유추해본다. 가랑비에 옷 젖는다 한다. 아프다. 엄마의 통증도 세월이 지나며 더 아프고, 더 힘들고, 더 견디기 어려웠을 텐데…

오래된 종이 냄새와 빛 바랜 글씨들의 가계부. 한 장씩 넘기며 나의 시야는 흐려진다. 엄마의 작은 유품들 정리를 미뤄 왔던 이유 중 하나이다. 남편이 왔을 때 대신 부탁했지만, 그래도 딸이 하는 게 더 낫지 않겠느냐 했다. 푼돈 하나 허투루 쓰지 않으셨던 엄마의 근검 절약과 계획된 살림의 모습이 고스란히 내 눈에 들어왔다.

미국 생활을 막 시작했던 시절, 내가 적었던 가계부. 20년 전 이사를 하며 발견하였고, 그중 가장 기억에 남는 한 페이지는 바나나 25센트가 적혀 있던 곳이었다. 가계부를 적으며 과일이라고 적어도 될 것을 바나나, 사과, 등

184

으로 세분하여 일일이 비용을 적었었다. 가계부를 한 권 밖에 찾지 못했던 것으로 봐서 얼마 동안 적다가 그만 두었던 것 같다.

나도 나름대로 아끼며 살고, 그날 그날의 기록을 해 두었다. 나의 기록은 메모로 전환되었고 엄마는 평생 가계부를 적었다. 엄마의 철저한 살림살이의 비결은 매일 적는 가계부로 보인다. 퇴직을 하고, 일시불로 연금을 수령한 엄마는 목돈으로 아파트를 사서 옮겼고, 아버지의 고향인 동해시, 동해 문인협회에 소정의 액수를 기부하여 남편 최인희 문학상을 제정했다. 올해는 제23회 상이 주어질 예정이다. 최인희 문학상은 예기치 못한 상황들로 건너 뛴 해도 있었지만 거의 해마다 동해 지역의 문인들이거나 동해를 주제로 한 등단한지 10년이 넘은 문인들에게 공모하여 주는 상이다. 아버지의 이름을 걸고 주는 문학상이 참 감사하다. 그때 엄마가 목돈을 내지 않으셨다면 오늘, 동해 문협에서 주관하는 '최인희 문학상'은 만들어지지 않았을 것이다.

아끼시면서도 쓸 데에는 써야 한다는 것을 알려 준 엄마. 유족의 자격으로 시상식 때쯤, 한국에 있게 되면 문학상 수상식에 참석한다. 동해 문인들은 엄마한테 감사하는 마음으로, 엄마는 '남편의 업적'을 기리는 자긍심으로 오랫동안 이어진 문학상. 앞으로도 오래오래 이어지기를 기원한다.

세월이 고스란히 묻어나는 엄마의 가계부, 사랑이 묻어 있는 유품이 내게 말을 건네어 온다. "아껴야 하지만, 쓸데는 쓰고 살아라." 저녁 노을이 되어 가는 인생. 그 안에서 아끼는 법과 쓰는 법을 배운다.

그날의 기억

초등학교 저학년이었던 같다. 어느 여름이었고 3명의 여대생이 우리집을 방문했다. 커다란 창이 있었던 옛날 집, 대청 마루에 앉아 예쁜 언니들과 맛있는 것을 먹으며 이야기를 나누었고 언니들 무릎에 앉아 무슨 이야기들인가 이어갔다. 정확히 기억나는 것은 아니지만 어린 눈에도 예쁘고 싱그러운 웃음 가득한 시간이었던 것 같다. 젊었던 엄마도 언니들과 재미있게 이야기를 했다.

　이어 외할머니가 손수 준비해 주신 맛있는 반찬과 밥을 같이 맛있게 먹었다. 언니들은 우리집 대청마루에서 이틀인가 묵고 돌아갔다. 이틀 동안 난 공주 놀이에 빠져 언니들의 예쁨을 흠뻑 받았다. 사탕도 실컷 먹고, 과자도 종류대로, 뽑기도 많이 했다. 언니들은 인형 놀이와 공기 놀이도 같이 해 주었다. 집 앞에서 헤어지며, 언니들은 엄마의 손을 잡고 포옹을 했다. 헤어짐의 시간은 꽤 길었다. 다들 웃고 있었지만 발걸음이 떨어지지 않는 것처럼 자꾸 손을 잡았고 자꾸 뒤돌아보았다. 어린 나는 문 앞에서 언니들과 엄마의 아쉬운 헤어짐을 오랫동안 바라보았다. 그러다 언니들도 엄마도 소리 내어 울었다. 골목에 가득했던 흐느끼는 소리. 엄마는 언니들과 헤어지고 집에 들어와 한동안 아무 말도 없이 책장에서 《현대문학》을 꺼내 읽고 또 읽었다. 분위기는 무거웠고 아무도 소리 내서 말을 하지 않았다. 나는 슬그머니 외할머니의 치마자락을 잡고 며칠 이유 없는 눈치를 봐야 했다.

얼마가 지났을까, 엄마와 외할머니의 이야기를 들을 수 있었다. 예쁜 언니들은 아버지가 숙명여고에 재직할 때 문예반이었던 여학생들이었고, 3명 모두 대학의 국문과에 진학했다. 언니들은 아버지가 명동 성모병원에 입원해 있을 때, 병문안도 몇 번 왔던 아버지의 제자들이었다. 혼자된 엄마가 친정, 강릉으로 돌아온 후 서신을 주고받았던 언니들은 안부를 확인하기 위해, 먼 길을 왔었다.

언니들에게 아버지는 어떤 스승이었을까? 그땐 내가 너무 어려서 그런 질문을 하지 못했지만 돌이켜 보면 아버지의 자리가 보이는 부분이기도 하다. 환대를 해 주었던 엄마의 성품도, 외할머니의 넉넉한 품도 알 수 있다. 그 시절 서울과 강릉은 하루가 걸려야 올 수 있는 곳이었다. 그 먼 곳까지 찾아와 엄마의 안부와 나의 모습을 확인하고 싶었던 아버지의 제자들. 엄마의 환대를 받았고 딸을 데리고 씩씩하게 잘 살고 있는 엄마의 모습을 만나고 안심하며 돌아갔고 이후로도 한동안 연락이 되었던 것 같다.

동해바다 거친 파도를 헤치듯 씩씩하게 살고 있는 엄마를 만나고 돌아갔던 언니들. 대관령 아흔아홉 고개 길을 다시 올라가며 스승의 그림자를 어렴풋이라도 느끼고 갔을까? 나에겐 오랫동안 언니들의 잔상이 남아 있었다. 젊었던 엄마의 모습도 생생한 모습으로 내게 걸어온다.

엄마와 야구
그리고 미식축구

야구시즌이 한창이다. 이웃인 강릉고등학교 야구부가 2년 연속 황금 사자기에 8강 진출했다는 플래카드가 눈에 들어왔다. 아침 조간 스포츠면에 강릉고 야구에 대한 기사가 떴다. 클릭해 읽으며 마음속 응원을 보탠다.

야구 소식을 읽으며 아주 오래된 추억 하나 불러온다. 내가 초등학생 때, 우리 중앙초등학교에도 야구부가 있었다. 강릉 공설 운동장에서 교복에 노란 모자를 쓰고, 여름 땡볕 아래에서 목이 터져라 소리지르고, 짝짝이에 반짝이는 금박종이를 붙이거나 부채를 만들어 일사분란하게, 응원단장의 구령에 맞춰 움직였다. 경기가 끝나고

나면 시원한 아이스께끼나 단팥빵 하나에 사이다를 주기
도 했다. 그 시원함과 달콤함이 주는 만족감. 야구는 꽤
괜찮은 스포츠 같았다.

　야구 관람을 좋아했던 이유는 또 있다. 내가 중학생
이 되며 집엔 TV세트가 마련됐다. 스크린 앞에 문이 있어
양쪽으로 밀고 툭툭 소리를 내며 돌렸던 채널. 흑백TV. 저
녁 정규 방송 시간에는 숙제를 하다 말고 TV 속으로 빨려
들어갈 듯, 넋을 잃고 쳐다봤다. 어느 때부터 주말에는 야
구 중계를 했다. 야구 중계를 하는 날이면 엄마는 짜장면
배달을 시켰다. 다이얼을 드르륵하며 돌리는 전화기로 시
장 입구에 있는 중국집에 전화를 걸고 짜장면이 올 때까
지 침을 꼴깍꼴깍. 시선은 화면에 고정되고 짜장면을 먹
으며 얼굴엔 짜장이 묻어 엉망인 채, 엄마와 난 서로의 얼
굴을 쳐다보고 웃었다. 맛있는 짜장면에, 즐거운 야구게임
에, 공부를 안 해도 되었던 시간. 소소한 행복. 내가 참 좋
아했던 시간이었다. 누구는 잘한다, 누구는 공을 좀 더 잘
골라야 한다는 등, 해설위원보다 더 신났던 엄마의 설명.
내가 유일하게 기억하는 엄마의 업된 모습이다.

　엄마와 함께 보던 좋은 기억으로 남아 있어서일까.

나도 스포츠 중계를 좋아한다. 그 중 가장 좋아하는 것은 풋볼(Football 미식축구). 미국 최고 인기 스포츠.

풋볼 시즌이 시작되면 게임이 있는 날은 〈굿 모닝, 풋볼!〉로 아침을 연다. 대형TV 스크린을 통해서 만나는 풋볼에 관한 각종 소식. 풋볼에 빗댄 정치, 선수들의 소소한 이야기. 모든 경기가 그렇겠지만 풋볼은 말 그대로 끝나봐야 끝난 것을 알 수 있는, 마지막 1분 1초에 승부가 갈리기도 하는, 끝까지 게임을 봐야 하는, 풋볼이 어디로 튈지 모르는 스포츠이다. 내 생각이긴 하지만 우리들 인생과 가장 닮은 스포츠. 몸을 아끼지 않고 격렬하게 부딪히며 싸워야 하는, 결승점까지 공을 던져야 하는. '열심히 사는 것'밖에 할 줄 몰랐던, 치열하게 살아야만 했던 나의 모습을 경기를 통해서 본다.

사실 풋볼에 관심이 생긴 것은 콜로라도로 이사를 온 후였다. '학사 위에 석사, 석사 위에 박사, 박사 위에 장사'라며 우리에게 반 강제적으로 장사를 권했던 성당 친구. 장사가 안되면 자신이 책임을 지고, 그 가게를 되산다는 말에 우린, 밑져야 본전, 이라는 생각으로 주류판매점을 시작하였다. 그 사실을 알게 된 엄마의 노발대발, '술장사 하려고 박사까지 했나?'라는 말에 답을 못한 채, 일을 벌렸지만 지금의 결과는 만족이다.

대형 주류소매상을 하면서 고객들과 대화를 하기 위해서는 공통 주제가 꼭 필요하다. 장사의 한 방법이고 손님을 대접한다는 마음 태도이다. 미국 사람 누구도 풋볼에 대한 이야기를 싫어하는 사람은 없다. 그것도 아주 조그만 동양 여자가 거구의 백인 남자 손님과 풋볼 이야기를 재미있게 아는 척하면서 나누면, 다른 손님들도 신기한 눈으로 쳐다본다. 내가 좋아하는 덴버 브롱코스의 유니폼을 입고, 손뼉을 치며, 소리소리 지르며 응원하는 내 모습을 좋아해주며 와인 1병 살 것을 2병 사고, 맥주 6팩 살 것을 하나 더 산다. 매상과 관계가 있는데 하지 않을 이유가 없다. 더구나 그 재미있는 스포츠 이야기를.

그런가 하면 남편은 무심하게 매장을 왔다갔다하며 내 모습을 쳐다본다. 신나고 좀 과한 표현을 하며 손님들과 이야기하는 마누라를 보며 고개를 절레절레 젓기도 한다. 40년을 넘게 살아도 모르는 게 마누라라는 표정. 여자이기에 이래야 하고, 나이가 있기에 저래야 한다는 것은 이미 오래전에 극복했다. 미국에 살면서, 더구나 미국에서 전문직으로 40여년을 근무하면서 자연히 몸에 밴 현상이다. 매사에 확실하게 Yes, No를 말할 수 있고 좋은 것과 싫은 것의 표현도 확실하다. 내가 좋아하는데, 그것도 가게의 매상과 관련이 있는데 안 좋아할 이유가 없다. 게임이 있는 날은 종일 업 된다.

그 중 가장 신나는 게임 데이인 슈퍼 볼_{Super Bowl}. 시즌이 끝나는, 매해 2월 2째 일요일에 열린다. 미국인들 모두의 축제다. 종일 풋볼 이야기만 하고 먹고 마신다. 개최지의 주지사, 전현직 대통령, 유명 연예인이나 셀럽들이 대거 출동한다. TV 평균 시청률이 40%에 달할 정도.

나는 퇴직을 하면서 버킷 리스트를 만들었다. 그중 상위에 있는 것이 슈퍼 볼에 가보는 것이다. 슈퍼 볼 티켓은 돈이 있다고 다 얻을 수 있는 것은 아니다. 각 팀의 티켓 홀더 중에서 추첨을 통해서 한정된 인원에게만 구입의 기회가 주어진다. 만약 재판매하는 티켓을 사서 관람한다고 하면 선수들이 개미만하게 보이는 제일 먼 곳의 구석자리가 1장에 USD 2500(한화로 3백4십만 원)정도. 슈퍼 볼을 혼자 보러 가는 사람은 없을 테니 둘이 같이 가면 표 값만 USD 5000. 슈퍼 볼 기간이 되면 개최지까지 가는 비행기나 숙박 업소 가격이 턱없이 오른다. 비행기 표가 싸다고 한달 전에 갈 수는 없는 일이니… 비행기 타고 가서, 숙박을 하고, 곁들여 관광과 맛집 기행도 한다면 슈퍼 볼 관람에는 만 불은 족히 들 것 같다. 따라서 내 버킷 리스트에서 하염없이 순서를 기다리는 중.

슈퍼볼은 못 보러 가더라도 미국 콜로라도 덴버 브롱코스 팀 경기는 여러 번 직관을 했다. 경기 시작 최소 3시간 전에 주차장에 도착한다. 주차장에서 바비큐를 하고 맥주를 마시고 팀의 색깔인 오렌지색 유니폼을 입고 이야기 꽃을 피운다. 모르는 사람과 맥주를 함께 마시고, 바비큐를 나누어 먹고, 통성명을 하고 팀이야기를 나눈다. 게임을 시작하기 전에 이미 기분은 업 된다. 게임을 하는 내내 소리지르고 손에 들고 있는 응원 도구를 흔들고, 거의 자리에 앉지 않고 소리소리 지르며 게임을 즐긴다. 내 모습이 창피한 남편은 조용히 앉아 게임을 관전하고 나는 상관없다는 듯이 옆 사람과 하이파이브를 하기도 하고 발을 구르기도 하며 마음껏 즐긴다. 게임이 끝나고 나면 목만 아픈 것이 아니라 손바닥도 발바닥도 아프다. 하도 손뼉을 치고 발을 굴러서. 온몸으로 하는 응원. 나도 팀원이 되어 한바탕 게임을 하고 난 후의 후련함. 온몸을 던진 후의 카타르시스. 내 팀의 승패 여부와 상관없이 가슴에 쌓여 있던 스트레스가 경기장 위로 훌훌 날아가버린다.

엄마가 알려 주었던 스포츠 관람의 습관이 할머니의 나이가 되어서는 최고의 스트레스 해소법이 되었다. 9월이 기다려지고, 가을이 지나 겨울로 이어지는 풋볼의 계절. 그 안에서 엄마와 야구, 짜장면과 오늘의 내 모습이 오버랩 되며 지나간다.

내 인생의 숙제들

엄마가 아버지 곁으로 가신 지 일 년이 지났다. 평생 홀로 외로이 살았던 엄마의 인생. 멀리서 바라보며 편안해지고 싶었지만 잘 안되었다. 지난 일 년은 말 그대로 물풍선 같은 시간들이었다. 물을 가득 채운 물풍선. 아주 작은 것에도 찔리고, 찔린 상처는 폭발하듯 터져 나왔다. 감정을 추스려야 한다고, 이론적으로는 알지만…

중환자실 간호사로 40여년의 세월. 많은 죽음을 만났고 경험이 주는 객관성에 나름대로 죽음에 대해 담담해졌다고 생각했다. 그러나 그건 자가당착이었다. 엄마의 죽음 앞에선 담담할 수 없었고 편안해지자는 것은 말 그대로 욕심이었다. 겉으로 보기엔 잘 견디는 것 같았지만 가슴 안쪽으로 불어 들던 시린 바람과 피부가 아린 듯한 쓰라림에 많이 힘들었다.

누구도 죽음과 만나지 않는 사람은 없다. 아버지가 먼저 가셨고, 엄마도 가셨다. 힘들긴 했지만 엄마와의 이야기를 모아 보았던 것은 순전히 나를 위한 일이었다. 이렇게라도 풀어 놓지 않으면 내 깊고 아픈 후회가 너무 오래 갈 것 같아서.

이렇게 풀어 내는 것조차 나를 위한 일이니 나는 얼마나 이기적인 딸인가. 그러나 따뜻하게 내 손잡아주는 가족들과 친구들이 있어 엄마를 추억할 수 있었다. 쉽지 않았고, 글을 마치며 더 편해지지도 않았다. 그렇다고 하더라도 엄마의 기억이 더 희미해지기 전에, 엄마와 아버지의 재회를 간절히 바라는 마음으로 글들을 모아 보았다.

달리는 인생길엔 환승역이 없다지만 엄마와 아버지는 천상의 환승역 어디쯤에서 작은 촛불 하나 밝히며 나와 내 가족들과 엄마와 아버지의 지인들의 기억 속에서 작게 흔들리는 불빛으로 남아 계셨으면 좋겠다.

오롯한 나의 바다
: 콜로라도의 할머니가 강릉의 엄마를 그리는 시간

1판 1쇄 인쇄 2024년 10월 10일
1판 1쇄 발행 2024년 10월 19일

지은이 전지은
펴낸이 김민섭
편집자 이유나
펴낸곳 도서출판 정미소

출판등록 2018.11.6. 제2018-000297호
주소 서울특별시 마포구 성산동 218번지 402호
이메일 xmasnight@daum.net

ISBN 979-11-985182-5-5 03810